美文馆

最生动的动物美文

主编◉马国兴 吕双喜

一只在夜色中穿行的猫

YIZHI ZAI YESEZHONG CHUANXING DE MAO

每个人的人生，恰似由一篇篇小小说与美文组成，一页翻过，又是新的篇章，看似毫不相干，却又唇齿相依。

"小小说·美文馆"丛书，所选作品思想内涵、艺术品位和智慧含量兼具，在这个信息碎片化的网络时代，为您提供精良的智慧读本。

郑州大学出版社

图书在版编目（CIP）数据

最生动的动物美文·一只在夜色中穿行的猫/马国兴，
吕双喜主编 . —郑州：郑州大学出版社，2013.5（2023.3 重印）
（小小说美文馆）
ISBN 978-7-5645-1393-1

Ⅰ.①最…　Ⅱ.①马…②吕…　Ⅲ.①小小说-小说
集-中国-当代　Ⅳ.①I247.8

中国版本图书馆 CIP 数据核字（2013）第 043817 号

郑州大学出版社出版发行

郑州市大学路 40 号　　　　　　　邮政编码：450052
出版人：孙保营　　　　　　　　　发行部电话：0371-66658405
全国新华书店经销
三河市鑫鑫科达彩色印刷包装有限公司印制
开本：710 mm×1 010 mm　1/16
印张：13
字数：230 千字
版次：2013 年 5 月第 1 版　　　　印次：2023 年 3 月第 3 次印刷

书号：ISBN 978-7-5645-1393-1　　　定价：42.00 元

"小小说·美文馆"丛书

总 策 划 、总 主 审

杨 晓 敏　　骆 玉 安

编委名单

主　编　马国兴　吕双喜

编　委　（以姓氏笔画排序）

王彦艳　牛桂玲　李恩杰

步文芳　连俊超　郑兢业

梁小萍

序

杨晓敏

书来到我们手上，就好像我们去了远方。

阅读的神妙之处，在于我们能够经由文字，在现实生活之外，构筑属于自己的精神生活。透过每篇文章，读者看到的不仅是故事与人物，也能读出作者的阅历，触摸一个人的心灵世界。就像恋爱，选择一本书也需要缘分，心性相投至关重要，阅读的过程中，你会发现他与自己的不同，而你非常喜欢，也会发现他与自己的相同，以致十分感动。阅读让我们超越了世俗意义上的羁绊，人生也渐渐丰厚起来。

在这个信息碎片化的网络时代，面对浩若烟海的读物，读者难免无所适从，而阅读选本无疑是一个不错的选择。从《诗经》到《唐诗三百首》再到《唐诗别裁》，从《昭明文选》到"三言二拍"再到《古文观止》，历代学者一直注重编辑诗文选本，千淘万漉，吹沙见金。鲁迅先生说过："凡选本，往往能比所选各家的全集更流行，更有作用。册数不多，而包罗诸作。"为承续前人的优秀传统，我们编选了"小小说·美文馆"丛书。

当代中国，在生活节奏加快与高科技发展的影响下，传统的阅读与写作方式发生了深刻的变化，小小说应运而生，成为当下生活中的时尚性文体。小小说注重思想内涵的深刻和艺术品质的锻造，小中见大、纸短情长，在写作和阅读上从者甚众，无不加速文学（文化）的中产阶级的形成，不断被更大层面的受众吸纳和消化，春雨润物般地为社会进步提供着最活跃的大众智力资本的支持。由此可见，小小说的文化意义大于它的文学意义，教育意义大于它的文化意义，社会意义又大于它的教育意义。

小小说贴近生活，具有易写易发的优势。因此，大量作品散见于全国数千种报刊中，作者也多来自民间，社会底层的生活使他们的创作左右逢源。一种文体的兴盛繁荣，需要有一批批脍炙人口的经典性作品奠基支撑，需要有一茬茬代表性的作家脱颖而出。所以,仅靠文学期刊,是无法垒砌高标准的巍巍文学大厦的。我们编选"小小说·美文馆"丛书,是对人才资源和作品资源进行深加工,是新兴的小小说文体的集大成,意在进一步促进小小说文体自觉走向成熟,集中奉献出思想内容与艺术形式兼优的精品佳构,继而走进书店、走进主流读者的书柜并历久弥新,积淀成独特的文化景观,为小小说的阅读、研究和珍藏,起到推波助澜的作用。

编选"小小说·美文馆"丛书,我们选择作品的标准是思想内涵、艺术品位和智慧含量的综合体现。所谓思想内涵,是指作者赋予作品的"立意",它反映着作者提出(观察)问题的角度、深度和批判意识,深刻或者平庸,一眼可判高下。艺术品位,是指作品在塑造人物性格,设置故事情节,营造特定环境中,通过语言、文采、技巧的有效使用,所折射出来的创意、情怀和境界。而智慧含量,则属于精密判断后的"临门一脚",是简洁明晰的"临床一刀",解决问题的方法、手段和质量,见此一斑。

"小小说·美文馆"丛书共计十卷,分别为《最具想象力的叙事美文·深夜里游走的路灯》《最具感染力的爱情美文·当你孤单你会想起谁》《最具欣赏性的幽默美文·能说话的那堵墙》《最具实用性的写作美文·活着的手艺》《最具领悟力的哲理美文·有温度的词汇》《最具启发性的智慧美文·领着自己回家》《最难忘的军旅美文·沉默的子弹》《最生动的动物美文·一只在夜色中穿行的猫》《最清新的自然美文·赴一场心静如菊的盛宴》《最给力的草根美文·消逝的事物》。一定意义上说,人生就是由一篇篇小小说组成的,希望"小小说·美文馆"丛书为你的阅读人生增添美妙的元素。

好书像一座灯塔,可以使我们在瞬息万变的社会不迷失自己的方向,并能在人生旅途中执着地守护心中的明灯。读书是一种积极的生活情趣,一个对未来的承诺。读书,可以使我们在人事已非的时候,自己的怀中还有一份让人感动的故事情节,静静地荡涤人世的风尘。当岁月像东去的逝水,不再有可供挥霍的青春,我们还有在书海中渐次沉淀和饱经洗练的智慧,当我们拈花微笑,于喧嚣红尘中自在地坐看云起的时候,不经意地挥一挥手,袖间,会有隐隐浮动的书香。

(杨晓敏,河南省作协副主席,郑州小小说文化传媒有限公司董事长、总编辑,《小小说选刊》《百花园》主编。)

目 录

大　鱼

安石榴

　　镜湖里有大鱼,不是一般意义上的大鱼。就是说不是一米两米长的大鱼,而是三四十米长的大鱼。

　　镜湖大鱼的事情虽不及喀纳斯湖大鱼影响广泛,但也终于是沸沸扬扬的了。

　　这是个噱头吗? 抑或是炒作? 都不关我的事,我用这样的语气叙述和任何传媒不搭界,只因为……等一下!

　　我的伯父住在镜湖边,是个老林业,年轻时在镜湖水运厂,专门把刚砍伐下山的原木放入湖中,排好,原木就顺着湖水的流向被运出山外。我从来没亲眼见过水运原木的壮观场面,它像一种灭绝的动植物永远消失了。我只见过一幅版画,不过我觉得好在只是一幅版画。

　　我的伯父安居山中,和伯母养了一头奶牛、两只猪、三箱蜜蜂、一群鸡、一条狗,侍弄一大块园子。

　　那一次我到伯父家,正是关于大鱼的传说四处播散的时候,但是从没有人通过任何方式捕捉到它。是的,从来没有。

　　我走进院子的时候,伯父和伯母正在八月的秋阳里采集蜂蜜。伯父穿着一件半截袖的老头儿衫,露着两只黝黑的胳膊,一只脚踏着踏板,蜜蜂们"嗡嗡"地围着他转。我看得心惊胆战——伯父稀疏的头发里、伯母的鼻尖上都有蜜蜂爬来爬去。

　　我把照相机、摄像机、高倍望远镜等机械,高高架在伯父的院子里,一排枪口一样对着湖面。在这些事情完成之前我没有说一句话,伯父伯母也未理睬我。

　　我问伯父:"真的有大鱼吗? 镜湖就在您眼前,您见过大鱼吗?"

伯父沉吟了片刻，说："你记好了，什么事情都不能让人知道。"伯父把"人"字说得很重。"人要是知道了，就不妙了。要是人不知道这山里有大松树，那些大树就还活着，现在还活着，一千年一万年也是它。人知道了，那些大树就没有了，连它们的子孙也难活。"

我心里当时充满了探索的欲望，打断大伯，说："求您说实话，到底有没有大鱼？"

大伯深深地看了我一眼，不吱声。我突然感到不同寻常的异样。首先是大黄狗，刚才还在我身边蹦跳着撒欢儿，这一刻忽然夹起尾巴、耷拉着耳朵、耸着肩膀一溜烟钻进窗户下面的窝里去了。几只闲逛的鸡抻长了脖子偏着头，一边仔细听，一边高举爪子轻落步，没有任何声息地逃到障子根去了。

我猛地领悟了伯父的眼神，随即周遭巨大的静谧漫天黑云一样压下来。阳光并不暗淡，依然透明润泽，但是森林里鸟儿们似遇到宵禁，同时噤声，紧接着，平静如镜的湖面涌起一层白雾，顷刻一排排一米多高的水墙，排浪似的一层一层涌来，然后……等一下，你猜对了。

大鱼出现了！

大鱼又消失了！

一切恢复原样。

我带的几件现代化机器等于一堆废铁。是的，我没来得及操作。我懊恼地坐在地上，看着鸡们重新开始争斗，大黄狗颠儿颠儿地跑出院子站在湖边高声吠，森林里鸟儿们的歌声此起彼伏。我忽然想：其他动物或者植物该是怎样的呢？

伯父却淡淡地说："我们活我们的，它们活它们的，互不侵犯。"

又说："你倒是个有缘的，有时候它几年也不出来一次。"伯母在旁边连连点头。

随后的一个月时间里，我都住在伯父家里。我睡得很少，吃得也很少，基本上不说话，但是心里很静很熨帖。伯父伯母每天仍然愉快地忙碌着，两只猪、一头牛短促的呻吟和悠长的叹息互相唱和，呈现的都是生命的本来面目。

一天晚上，伯母拿出自酿的山葡萄酒，我和伯父喝着唠着，伯父就给我讲又一个惊人的森林故事。

野人？外星人？等一下，别猜了，你猜不对。而且，我和伯父一样，不会说出一个字。

打死也不说。

冬 季

杨晓敏

你围在牛粪火旁,百无聊赖的样子。分配到西藏最偏远、海拔最高的哨卡,你难免怨天尤人,愁肠百结。白天兵看兵,夜晚数星星,这个叫"雪域孤岛"的地方,毫无生气可言,一簇簇疏落的草茎枯黄粗硬,辐射强烈紫外线的太阳朝升暮落,点缀着难挨的岁月。

你的思绪只是一条倒流的小河,两个月前的军校生活,总让你濯足在倒映着鸟语花香的碧波里流连忘返。你不愿想象未来,面对现实生活你无法排遣心理上的屏障,编织出彩色的梦幻。就像被哨卡周围皑皑林立的雪峰困住一样,使你无法拔着自己的头发超越过去。

你懒洋洋地直起腰,被一阵阵吆喝声召唤出来。

士兵们在雪野里奔跑着,一派散兵状。人群中间,跳跃着一头小兽,连续几天落雪,这只在哨卡周围时隐时现的红狐狸,终于耐不住饥寒,钻出来觅食了。哨兵一声呐喊,大伙出动了,偌大的雪野成为弱肉强食的场所……

你看见狐狸在一位士兵的怀中剧烈喘息着,肚腹起伏得厉害。大伙头上笼罩一团哈气,喊叫着围拢上来,露出胜利者的骄矜。

当时的直觉告诉你,它简直不是一头小兽,该是美的精灵呢!它的眼睛是幽怨的,蠕动的姿态是娇嗔的,红艳艳的毛皮多亮多柔软啊,仿佛一团火焰正在燃烧……

士兵们击鼓传花般传递着狐狸。

"郎个搞起的,一挨它,手上的冻疮就消肿了。"

"我说川娃儿,别吹壳子啦,它可不是你整天装在衣袋里的那个细妹,有恁乖?"

刚从哨塔上跑来的是个新兵,脸上早冻得裂开了花,嘴唇的血渍使他不

最生动的动物美文·一只在夜色中穿行的猫

003

敢大声说话。他把狐狸贴在脸腮上，贪婪地抚摩一会儿，说："都说狐狸臊，我怎么会闻到甜丝丝的味道？"

你平静地望着这一切，多少觉得有点无聊，面部的肌肉不时抽搐几下，从心里对他们说，这大概是自我心理平衡在发生作用，冬季太可怕了。

不知何时士兵们不做声了，只把目光齐刷刷地盯向你。那意思再令人明白不过地表达出来——杀掉狐狸，做条围巾什么的，让站岗的哨兵轮流戴它，或许对漫长而凛冽的冬季是一种有效的抗御。

四川兵从身上摸出一把刀，犹豫着递过来。

你看看刀，看看狐狸，脑海变幻出和氏璧、维纳斯以及军校池塘里的那只受伤的白天鹅之类的东西。当你充分意识到这种思维的不和谐不现实甚至离题太远时，你在短暂的沉默中，唤起了自己姗姗来迟的恻隐之心。

四川兵手中的刀捏不住了，落地时众人的目光倏地变得复杂。有人"哼"了一声，用脚把雪花踢得迷迷蒙蒙——对你这个哨卡最高长官的犹豫不决和不解人意，表示出极大的蔑视和不信任。

你的腮帮子鼓胀几下，吞咽一口唾液，弯腰从雪窝里抠出那把刀。你再一次抬起头来，大家依然无动于衷。你只好试试刀锋，左手抓过狐狸，把它构造精美的头颅向上一扳，用嘴吹开它脖颈上飘逸的柔毛，右手缓慢而沉稳地举起刀……

狐狸本能地痉挛起来，恐惧中闭上那美丽绝伦的双眼，悠长地哀鸣一声，悲戚之至。

士兵们似乎被当头浇下一盆冷水，瞬间清醒了，几乎同一时刻，全扑上来，七八双粗糙的大手伸出来："别……"

时间凝固了。脸上裂花的新兵，扑通一下跪在雪地上，抱住你的腿呜咽着说："哨长，还是放走它吧，有它来这儿和我们做伴，哨卡不是少些寂寞、单调、枯燥，多些色彩吗？我……情愿每晚多站一班岗，也不要狐狸围脖……"

你的思绪变得明晰，沉重地呼出一口浊气，爱怜地抚摩几下新兵的头，心里说，你也教育了我。尔后大吼："起来！"手一甩，刀"嗖"地飞出老远。

狐狸蜷曲雪地，试探着抖抖身子，小心翼翼地在士兵们中间逡巡起来。待大伙让开一条路，便腾跃着向雪野掠去。士兵们目送一团滚动的红色火焰，没入辽远。

你强烈感受到，自己的灵魂涅槃过后，和哨卡从此结下不解之缘了。

远逝的白天鹅

杨晓敏

儿时，一位风水先生从我家门前过，停了一会儿，认真地对父亲说，你家门口有这么一眼甜水井，房后一条胡同通过去，连着偌大的南窑塘，地脉水气相通，后人会有出息的。这话传开，父亲和乡邻的眼里，便多了几分自豪。父亲人缘不错。我自然得宠了。

夏天，我嚷着父亲要去"淘塘"。就是在"寨壕"的某一段截住，把水一桶一桶地舀干。就是在一只水桶上拴上绳子，两边的人同时协作扯动水桶，甩过截流的塘埂去。这是一种笨重的体力劳动，成千上万次的单调重复，乏味极了，时间稍长，手上勒起血泡，继而腰酸腿疼。在我纠缠下，父亲无奈，和几位合得来的叔叔伯伯们一嘀咕，真的两副桶轮番换人，哗啦哗啦扯个不停。从黎明到半下午时，塘里的水浅浅见底了。这是个令人惊喜的场面。鱼们大难临头，嗖嗖乱窜，搅动一池淤泥浑水。我快活极了，手拈一把鱼叉，钻入浓密的蒲苇里，猫一般地寻觅那些藏匿的大鱼。细流的水口处，鱼们斜着白白的身子，翩翩而过。指甲般大的小金鱼，身染浓浓的胭脂，煞是娇憨可人，平时难得一见，如今一溜儿踊跃而过。我真想顺手捞上几尾装入水瓶里，观赏几天。可此刻我却全神贯注地搜寻那些大鱼。忽见一袭荷叶下，漾动波纹。待我用叉挑开荷叶，嘿，一条大鲤鱼露出脊梁，左盘右旋，正无所适从呢！我离得更近些，嗖地一叉，便扎了个正着。叉杆一阵抖动，大鲤鱼被我高高地举过头顶。我叉的，怎么样！我边嚷边跑，把叉的大鲤鱼摔到岸边。我无暇顾及父亲和叔叔伯伯们复杂的目光，又挥叉下塘了。

随着我的欢声笑语，我一趟趟地把叉着的大鱼摆满了岸边。我为自己的勇敢和劳动，兴奋得不能自已。等到几乎扯干水塘时，塘心里只剩下些小鱼了。我对目瞪口呆的父辈们说，今天的大鱼，全部是我逮的。父亲阴沉着脸，一言不发。八叔急忙说："洲儿，你真棒！"

我睡意蒙眬中，见父亲回来了。呼啦一声从破麻袋里倒出不少鱼。我醒了，正想坐起看个究竟，却听母亲问，你咋净分些小鱼？父亲努努嘴，问，洲儿睡了吗？母亲颔首。父亲懊恼的声音："唉，本来塘里有十几条大鲤鱼。如果是鲜活的，拉到新乡会卖个好价哩，他们几家都需要钱花。看到洲儿满塘乱扎，弄得鱼身上尽是窟窿，我几次都想揍他一顿。大家嘴上不说，心里怨着呢。他八叔劝说，咱逮鱼本来是冲孩子来的，不是为挣钱的。这孩子平时念书用功，说不定将来咱还沾他的光呢。死鱼我去卖，赔了算我的，让他尽兴扎吧。"父亲说着摇了摇头，叹息道，水都弄干了，不扎死，还怕鱼飞了吗？母亲默然，无奈地说，唉，毕竟是孩子嘛。

一席话，胜过我在塘边儿念的几本书，被窝里我珠泪涟涟，无语凝噎。如今我早已做了父亲，多少次面对儿女们幼稚而纯真的言行，似乎想得很远很远。

那一年的秋末，天气格外寒冷。忽一夜阴风凛冽，天亮时愈觉寒气袭人。村边儿所有的水塘过早地冰冻了。先有人在冰上试了试，竟纹丝不动。聪明的故乡人回家扛锹拿铲了。塘面上的芦秆、蒲条和杂草凝结干脆，根本不用刀割，人行在冰上，挥动锋利的铁锹一顺儿沿冰面铲过去，苇草们纷纷倒下，一会儿便铲翻一大片。苇秆可以编织盖房用的顶席，杂乱的草，可生火煮饭。

我抄手站在塘边儿，不知该说些什么。笼罩着神秘氛围的南窑塘，被热火朝天的人们剃头一样铲个精光。过去的草生草枯，再胆大的人也不敢问津。它瞬间成为白茫茫一片，似乎失去了所有的风采。忽听一阵吆喝，南窑塘的最深处，薄薄的冰面上，从天而降一只白天鹅。它拨开一小片仅够容身的水面，惊慌地旋转着身子。一声引颈长唳，甚觉悲凉。果然从远处跑来一群人，前面的那位，手中分明攥一杆猎枪。他们从远处尾追着白天鹅，撵到这里。过去白天鹅年年曾在南窑塘栖落，都不曾受到伤害。尽管当时的故乡人，并不知晓还有野生动物保护法之类的条文，可谁对雍容华贵的白天鹅，不萌动一丝恻隐之心呢？今天，尚未迁徙的白天鹅是来寻求避难所的吗？

猎手在一步步靠近，猎枪已经平端起来。白天鹅面对死神降临，依然昂着高傲的头颅。千钧一发之际，我猛挥一下胳膊，大吆喝一声，哦哟——！白天鹅瞬间惊离水面。枪响，冰面上落满霰弹。白天鹅深情地留下眷恋的一瞥,便向南腾空而去。

　　猎手恶狠狠地逼近了我。我吓得连连后退。他怒气冲冲的拳头终于未落在我身上,因为我身后,早站满一排手握铁锹的汉子。

　　我的清水塘哟,你让我欢乐让我忧。

红鬃马

申 平

一连几日,红鬃儿马子老不按时回来,回来时全身便如水里捞出来的一般。

那天,红鬃儿马子索性一夜未归,主人一早骑马去找,却见它正站在一座山头上,冲着东方红日嘶鸣,那剪影极为精彩。主人策马驰去,看见儿马子又是全身湿透。疑疑惑惑把它赶回马群,套住它用马鞭子揍它一顿。可是这天晚上,儿马子挣断缰绳又跑了。主人不得不留心到底怎么回事。

太阳偏西,红鬃儿马子独自离开马群朝着草滩那边的山上跑去。夕阳射在它的身上,它的身子如锦缎一样闪闪发光;夕阳也照着它的红鬃,那顺着脖子拖下来的长长的鬃毛一跳一跳,正如一团火焰在燃烧。

主人骑着马,远远跟在后面。他刚跃出山冈,立刻使劲勒住马,他被眼前的情景惊呆了。

两只狼!

这是两只狡猾的狼。它们一前一后把红鬃儿马子夹在中间,转着圈子寻找攻击机会。儿马子却毫无惧色。它那长长的鬃毛现在竖起来了,在脖子上轻轻晃动,正像一面战旗在飘扬。它谨小慎微地踏着步子,移动着身子,不断破坏着狼的进攻角度。

半空里黑影一闪,一只狼斜刺里闪电般向儿马子的脖子扑去。另一条紧跟着跃起,冲向儿马子腹部。危险!儿马子不慌不忙,身子微微一侧,长鬃"啪"的一下,宛如一条巨鞭,把第一只狼抽得在地上连翻了几个跟头,紧跟着后蹄腾空,把第二只狼踢出数丈。两只狼沮丧地爬起来,又开始组织进攻。主人勒马回逃,只在心里祝愿儿马子可别打败。

儿马子平安地回来了,它如凯旋的将军,跑进马群里左冲右撞,和母马亲热地嬉戏，像在夸耀自己保卫马群的赫赫战功。

主人却又把它套住，又用马鞭子揍了它一顿，边打边骂："逞能的东西，找死的东西！"打完了，又喂了它点料。

这一天，儿马子被拴在圈里，不许出去。天傍黑，远处传来狼嗥，儿马子暴躁不安，它吼、它踢马槽，简直疯了一样。在屋里喝酒的主人气冲冲出来，拿鞭要打，儿马子前蹬后踢，根本不让近前，主人只好隔着马槽揍了它两鞭子，想不到儿马子长鬃一竖，身子一侧，"啪"的一下，把主人抽了个跟头。

啊，马鬃！全是这鬃把你烧的！主人恼羞成怒地从地上爬起来，跑回屋，拿出一把锋利的剪刀，跑到马槽上去，"咔嚓咔嚓……"，马鬃纷纷落地。他得意地骂："看你他妈再去惹事！"

这一夜，主人不断听到狼嗥和马嘶声。但他不敢出去，他相信儿马子没了鬃也不敢出去。天亮了，主人出去一看，惊呆了：槽头只剩下半截咬断的缰绳。

主人骑马去找，他走过山头，希望再看到儿马子对着红日嘶鸣；他走过山冈，希望再看到儿马子和野狼搏斗，然而他只在草地上发现了血迹……主人对着草原呼喊，草原沉默，冷冷地把他的声音抛掷回来。主人不由浑身发抖。

远处，传来得意的狼嗥。

怪兽

申·平

　　他第一眼看见那兽,就料定自己今天必死无疑。谁叫他犯了山规!

　　这的确是一头怪兽:其身如豹,其头如虎,其眼如雕;最奇的是它的脑门儿上还生有一只角!它正在向这里慢慢走来。

　　他伏在树后,浑身筛糠,悔不该到这座山上来。年轻时师傅就曾谆谆告诫过他,千万不可到神兽山来打猎。他小心恪守,一生平安,没想到就要挂枪隐退却鬼迷了心窍……

　　那兽离他越来越近了,他的鼻孔里嗅到一股浓烈的死亡气息,手抖得连枪也拿不住了。唉,都是那班徒弟把他逼到这步的。他们愣说按他讲的山规根本无法打猎,为证明自己正确,他亲自操枪上山。转了一天一无所获,最后好不容易遇到一只狐狸,那家伙却偏偏窜上神兽山。为了脸面,他横心咬牙……

　　"他妈的,不就是个死吗?"他忽然骂起自己来了,"你还是个老猎人,就吓成这熊样子?"他反倒镇静下来,开始向那兽瞄准。

　　"不能打!"他忽然又记起另外一些山规来了,"不认识的东西不能打,孤猪怪兽不能打。"打了可是找死呀!可是,不打不也是个死吗?豁出去了。他又瞄准。

　　打哪儿呢?脑门儿!不,那儿准硬。眼睛?不行,这又犯了山规,师傅曾说打兽打眼会枪炸眼瞎。为什么会这样,他当年也问过师傅,师傅说这是打师傅的师傅……传下来的。传下来就有传下来的道理。那么只有打心了。

　　枪口指向了那兽两腿之间的地方,恰巧怪兽停下来,四处嗅着什么,身子横过来了。

"砰!"那兽似乎怔了一下,随即跳起来,旋风般向这边冲来,他几乎什么也没想,把枪一挂,噌噌几下爬上大树,从怀里掏出一根绳子,三下两下把自己捆在树上。

山中不知为什么起了狂风,飞沙走石,大树剧烈摇晃。他偷眼觑去,但见一个巨大的黑影在树下跳来撞去。天昏地暗,云愁雾惨,树叶纷纷落地,多亏了那根绳子,不然他早飞弹出去。他举起枪来,对那兽角猛开一枪,直打得火星乱迸。

怪兽突发一声长啸,震得山摇地动,震得他五脏六腑险些出腔。不知过了多久,他才醒来。摸摸枪,还挂在胸前;看看四周,天早黑了,树下正有两盏"蓝灯"盯看着他。他不由打个寒战,慢慢转动枪口,搂住扳机。打哪儿呢?又是这个问题,打眼,只能打眼!不能再错过机会,可是……去他妈的山规吧,山规就是让人等死呀,都到了这地步,还管那些。

"砰!"毕竟是老猎手,红光过处,那盏"灯"倏地灭了。枪竟没炸,眼也没瞎!在这一瞬间,他激动得几乎要喊出来。但他不会有机会把这一切讲给徒弟听了。那兽在中枪的一刹那,又发出一声霹雳般的吼声,直震得他七窍流血……

徒弟们是第二天找到他的,他的脸上挂着胜利的笑,树下倒着一头价值连城的怪兽。

神兽山从此改名猎人山。

猎　豹

申·平

　　老爷岭这一带，早些年就经常有豹子出没。张五他娘十三岁的时候，曾和弟弟一起亲手杀死过一头豹子。

　　那天晚上，她和弟弟在家看家，饿了，就在火盆里烧土豆吃。正吃着，忽见窗上的一个破洞里伸进一个狗头来，贪馋地看着他们。张五他娘有点害怕，就扔给它一个土豆吃。谁知它吃完，竟想往里拱。她弟弟只比她小一岁，却很有心眼，他跑去找来一个秤砣，在火里烧红了，又让姐姐给它。张五他娘用火钳子夹起来一扔，那狗一口就吞进肚里，只听"嗷"的一声惨叫，狗头缩了回去。

　　第二天一早，大人在离他家不远的一条沟里，发现了那条"狗"的尸体，原来竟是一头豹子。张五他娘好不后怕。

　　且说张五他娘长大以后，嫁了一个猎人，后来就有了张五。张五从小便跟着父亲上山打猎，学会了猎人的全套本领。

　　可惜张五生不逢时。这些年，先是山上的猎物渐渐少了，后来政府又明令禁猎，张五只好改行种地。但是张五的家住在山的最里面，每到冬天没事，他也会偷偷上山，去打些野物解馋。

　　先是山上的狼渐渐多起来，张五想弄一张狼皮做褥子，就去山上下了狼夹。这天早上，他踩着积雪去巡山，意外发现狼夹居然打住了一头豹子。而且这头豹子已经拖着狼夹跑上了山顶。

　　这真是意想不到的收获，这年头，豹皮、豹骨可是越来越值钱了。但是，让政府知道了可不得了啊！张五想了半天，决定速战速决。反正豹子已被狼夹打伤了，我不捉它，它迟早也会死掉的。

　　张五摸了摸腰间的匕首，快速向山上走去，人和豹就在山顶的一块巨石后面相遇了。

这是一只漂亮的金钱豹，身上的花纹和毛色新鲜好看。可能它太年轻，不然，它也不会误中狼夹。它看见张五过来，立刻吼叫着摆开架势，准备和他决一死战。

张五拔出匕首，人和豹开始对峙。这里要交代一句的是，张五的猎枪早已上缴，否则，他就不用费这个事了。

豹子的确胆大，它虽然腿上带着狼夹，还是率先向张五发起了进攻。它声若巨雷，铺天盖地扑过来，一口就将张五的头皮给撕了下来。张五也不含糊，一刀便刺入豹子的肚子，并在里面用力搅着。最后人和豹子都倒了下来，但是张五没有忘记将自己的头皮重新盖了回去。

张五的老婆赶来，将张五送进了医院。张五躺在病床上，还不忘指挥老婆和弟弟将豹皮扒了，将豹骨存起来，将豹肉煮来吃掉。

尽管这一切他们做得很秘密，但到底还是惊动了村委会和乡政府。这天，乡政府的一个副乡长竟跑到医院来问张五："你到底打了什么动物？"

"是狼！"张五回答。

"狼？"副乡长不信，"狼皮在哪里？我要看。"

张五当然拿不出狼皮，这就更加重了副乡长的怀疑。随后，他又来了两趟，声声逼迫已快痊愈的张五。万般无奈，张五只好实话实说。

副乡长的脸就黑了下来，他说："张五，豹子属国家一类保护动物，你打死一头豹子，起码要判你几年徒刑。"

张五很害怕，就哀求副乡长高抬贵手。副乡长最后说："好吧，你先把豹皮交给我，我替你保存着，看看能不能把这事压下去，因为这件事若捅出去，对我也没什么好处。"

张五立即让老婆连夜把豹皮给副乡长送去了。从此果然没有了动静。张五快出院的时候，传来消息说：副乡长已放出话来，说他已把事情调查清楚了，张五打的就是一只狼。

张五在心里骂：他妈的，你才是一条贪心的狼呢！

张五把豹骨悄悄卖了，不多不少，正好摆平了他的医药费。他从此发下毒誓：再也不打任何动物。

打　猎

阿　成

　　在达斡尔族护猎员桑的带领下（只有桑这样的少数民族可以打猎，当然是打那些允许打的猎物，比如野兔，打国家保护动物是违法的），我们开着一辆伤痕累累的吉普车（反而有一种野战的风度），进入了一望无际的大甸子。开始，我们以为护猎是到森林里去，隐蔽在树林里的某处等待偷猎者的出现。其实不是，是在大荒甸子上寻找偷猎者。

　　正是收获的季节，金色的玉米地像莫奈笔下的油画，像梵·高笔下的秋天，十分的迷人，很辽远，很开阔。开着像战车似的大吉普车疾驰在七沟八梁的大荒原上越发感觉非常的不寻常，非常的男人，当然，车也非常的颠。可以这样说，要是让我们在陆地上做出那种剧烈的被颠的动作，肯定是做不出来的。

　　几个人抱着枪坐在被桑开得飞快的吉普车里，很快就有一种美国大兵的感觉。吉普车前面的玉米秆已高过吉普车的机器盖子了，两边的玉米秆刮着机器盖子发出哗啦哗啦的声音。在大坡地上横穿的时候，感觉吉普车要翻过去了。开始的时候，那个窄脸的诗人忘情地抱着猎枪不由自主地进入了角色，摆出一副美国大兵的样子，还很得意的。但是，没想到车子会这样颠，终于，那位窄脸的诗人有点害怕了，干哑着嗓子跟桑说，桑，停下车吧，把枪放到后备箱里去好不好？

　　很显然，车这么颠，他担心猎枪万一走火，"砰"一声，直接就自毁了（诗人是喜欢想象的，估计连自己倒在血泊里的情景都"看"到了）。

　　其实，上了车，桑就跟两个抢着抱枪的诗人说，枪管不要冲着自己，也不要冲着别人，小心走火。

　　桑是这儿的护猎员，他的任务，主要是阻止偷猎野鸡之类的飞禽。桑说,野鸡一般下午三四点钟才出来觅食,在太阳将落未落时候它们才会出来,这时候它们都跑到玉米地里找粮食吃去了。偷猎的人一般都选在这个时候打野鸡和沙半鸡。

我们听了都直点头,反正我们什么也不知道。

桑说,野鸡和沙半鸡非常傻,比如你打其中的一只,枪响之后,另外几只也不会跑。我说,不对啊,桑,不是有个脑筋急转弯儿嘛,树上十只鸟,打掉一只还剩几只? 桑说,要是麻雀,树上就一只也没有了。但沙半鸡,打掉一只,肯定还剩九只。那个胖脸的诗人说,这一点有点像诗人。

我们在这个大甸子上跑了两个多小时,什么也没发现,无论是偷猎者还是允许打的野兔,都没看到。

桑看到我们有些失望的样子,便说,好,咱们开枪打打麻雀吧,过过枪瘾。胖脸的诗人说,行,不管咋说,我们一人扛一只麻雀出去也挺好的,像英国漫画一样。

正打算停车的时候,远处突然传来了枪声,桑立刻开车朝着枪响的方向疯跑。车都快颠翻了,我们一个劲儿地劝他慢点开,可怎么劝也劝不住。

此时此刻,我们已经颠得满脸憔悴,一脸苦难,这才知道当个护猎员的辛苦。由此还联想到越战中当兵的也不容易,想到两伊战争中士兵们在沙漠上跑也很辛苦,想到那些在荒郊野外的探险者、摄影家,真的都太他妈的艰苦了。

找了半天也没找到偷猎者,最后,桑只好放弃。

就在我们准备打道回府的时候,桑突然发现,在前面的玉米地里有六七只沙半鸡正在觅食。桑立刻把车停下来,拿起了猎枪说,我给你们试验一下。说着冲天上开了一枪。那几只沙半鸡像什么也没听见似的,仍旧在那里觅食。我们都看傻眼了。桑换上子弹,从容不迫又朝天上开了第二枪,几只沙半鸡依然岿然不动,照例在那里觅食。那个胖脸的诗人像祈祷着的阿拉伯人似的举起了双手说,主啊,赐给沙半鸡以麻雀般的智慧吧!

在回去的途中,要经过一片湿地,此时夕阳烧得正旺,红彤彤地挂在西天,景色非常瑰丽。这时,我们发现了在远处的芦苇荡里悠然自得地游着的三只野鸭子,一只大鸭子后面跟着两只小鸭子在款款地游。桑说,这是王八鸭。他的话音刚落,就听“叭”的一声枪响,那只大鸭子立刻被打死在水里了。桑立刻停下了车,下来向四处看了看,四处一点动静也没有。桑充满仇恨地说,这是有人在跟我玩呢。

那个窄脸的诗人叹了口气说，你们看，那两只小鸭子在母鸭子旁边游呢。唉，母亲鸭死了，看来，这两只小鸭子是飞不到南方去了，冬天就得冻死在这里啦……

这时候，桑打开吉普车的后备箱，从里面取出"水衩子"穿上，独自一人绕了很远的路才上到了那片沼泽的"硬地"上——公路与湿地之间还隔着一条时宽时窄的野水。我们远远地看到，桑每一脚下去都有一米深的稀泥。毫无疑问，这是非常危险的，甚至有生命危险。

半个小时以后，桑从芦苇荡里把那两只小鸭子抱了回来。

桑长得很帅，一脸的络腮胡子，是一个充满柔情的、硬朗朗的达斡尔族汉子。

第十八只猫

黄建国

初秋的一天午后，几个外乡人结伴来到地处关中北端的一个小镇。这个小镇一个月前还是重要的文物集散地，但是，等他们赶到时，却已花败柳残，市面上连几枚普通的铜钱也很难见到了。外乡人相信镇子上仍然有货，便找了简陋的宿处住下，然后四处走动，一心要弄到几件稀罕之物。

这天黄昏，几个外乡人走到小镇唯一的街道的尽头，看见一家几乎颓败的门面前坐着一位老者。老者面目丑陋，闭合着浮肿的眼皮打盹，嘴角淌一溜口水。脚旁一条长绳拴只瘦猫，正在一只肮脏的破碗里舔食。

外乡人眼睛一亮，盯住了那只碗。他们交换了一下眼色，其中一个蹲到碗前，另一个走近老者。

"老汉，我们给你五块钱买这只碗。"外乡人用刚学来的北方话说。

老者面无表情，也不睁眼，他的脸在夕阳下看上去像一张皱巴巴的黄裱。

"十块钱。"外乡人说。

"不，"蹲在地上的那个外乡人说，"五十块。"

老者如同睡着了一般纹丝不动。

"扔给他五十块钱，把碗拿走。"第三个外乡人说。

老者像病中呻吟似的"哼"了一声，把头摇一摇，说："我的碗不卖。"

外乡人将钱袋子抖得哗哗直响，俯身看着老者。"一只烂碗，五十块钱，不卖？"

"笨蛋。"第三个外乡人嘀咕说。他已有些不耐烦，看着两个同伙，又看看正托在山顶上的又红又大的太阳。

老者的眼睛启开一条缝。"太阳快下山了。"他说，并不看外乡人，然后仿佛吆鸡似的朝他们挥了挥手。

"一百块。"识货的那个外乡人说。

"我担心我的猫,"老者说,"它那么瘦,卖了碗,猫咋办?"

"这脏猫?又不是名贵种。"外乡人说。

"老鼠一样的东西,一脚能踩死三只。"早就有些愤愤然的那个外乡人愤愤地说。

"我的猫只吃放在这碗里的食。"老者说,"你说,我咋能卖碗?"

"好说,好说。"外乡人的头儿说,"我们也很喜欢小动物,我们买你的猫。"

"我可怜的猫啊,他们要买你哩。"老者说,扯了扯绳子。

"我们会精心侍弄这可爱的小东西的。"

"它跟我相处得没缝没隙,有感情哩。"老者说,很悲戚地叹息了一声。

老者咳了一声,摇摇晃晃立起身,拉扯绳子对猫说:"天要黑了,咱回呀。"

外乡人的头儿赶紧朝另外两个同伙使眼色。"我们只买猫。"他说。

"买猫。"两个同伙附和说。

"给老汉数一百块钱,"外乡人的头儿吩咐说,"这猫归咱们了。"

老者丑陋的脸上在夕阳下显出一种古怪的表情。但是外乡人没有看见,他们只盯着地上那只脏兮兮的碗。

"不过,"老者说,"我这猫可会难为人哩。"

"什么意思?"

"你们要是不好好待它,它会抓破你的脸。"

"好说,好说。"

"它只要一百的钱。"

"一百?"

"二十张。"

外乡人面面相觑。

两千元买一只快死的瘦猫实在太荒唐了。可是,那只碗却又实在太稀罕了。他们知道,只有买了这该死的猫,才有可能把碗弄到手。

外乡人付给老者两千元,由那个总是愤愤然的矮个子把瘦猫抱在怀里。

老者在此之前一直半闭着眼睛,他几乎没有看清他面前的这几个人是什么模样。现在,他突然把眼睛睁大了,一一打量外乡人。他的被浮肿的眼皮包裹着的眼睛原来十分明亮。他的眼光森然骇人。

"哈!"他似哭似笑地叫了一声。

三个外乡人吃惊地望着老者,但老者已闪身进门。两扇门"哐当"一声关住了。

第二天一早,买了猫的三个外乡人匆匆来找老者。他们得把碗弄到手。

外乡人看见,老者仍坐在昨天的那只小凳子上,双目闭合,脚旁的绳子又拴了一只更瘦小的猫。

"我知道你们会来的,"老者说,并不睁眼,"你们昨天买走我的第十八只猫,今天该买第十九只了。"

几个外乡人一言不发。他们互相看了看,又看看老者,然后,仰头看了看远处已经开始凋零的山峦和秋天时碧蓝高远的天空。外乡人的头儿先走开了。另外两个也走开了。当天上午,他们怀着羞辱,头也不回地离开了小镇。

蝎子的命运

胡 炎

在酒精浸漫的麻醉状态中,蝎子陷入了绵长的回忆。

最初,蝎子是一只可人的尤物,如同一个刚刚降生的婴儿。那时候,小蝎子喜欢爬到石块上,翘起尾巴,调皮地与风做着游戏;它还喜欢躺在阳光下睡觉,把春天的梦做得芳菲烂漫。直到蝎母唤它,它才伸个懒腰,爬回石块下的家里。

蝎母说:"儿呀,往后莫随便出去。"

小蝎子困惑不解:"为什么?"

"外面危险。"

"可我一点也没有感觉到。"

"等你感到就糟了。"

小蝎子顿了顿,说:"如果每天躲在家里,我会闷死的。外面的世界多好啊,有风,有阳光,有蓝天白云……"

"这只是自然的背景或神话中的永恒,"蝎母打断了它,"我们的周围有毒蛇、毒蜈蚣、毒蜘蛛……"

小蝎子默然了。

一天,小蝎子又偷偷溜出家门,爬到了久违的石块上方,阳光像温柔的潮水沐浴着它。小蝎子想:"世界不是很好吗? 母亲一定是吓唬我的。"它又想躺在石块上,美美地做个好梦了。

然而,小蝎子遭遇了毒蛇和毒蜈蚣。

毒蛇阴险地晃着三角脑袋,血红的信子示威似的一伸一缩,毒蜈蚣则凶狠地向它步步逼近。那一刻,小蝎子吓坏了。

"信不信,我可以一口吞了你。"毒蛇说。

"让我把它撕成碎片吃。"蜈蚣说。

小蝎子浑身抖如筛糠，大气也不敢出。

若不是蝎母的及时到来，小蝎子后果不堪设想。蝎母翘起毒汁丰盈的尾巴，怒斥道："谁敢伤害我的儿子，我就蜇死它！"

毒蛇和毒蜈蚣犹豫一下，离开了。

小蝎子一连三天做噩梦，昏昏沉沉的像是得了一场大病，它再也不敢独自跑到外面去了。小蝎子带着惊悸后的伤痛哀哀地想："这是为什么呢？好好的一个世界，竟会生出那些凶残的家伙，我该怎么办？"

蝎母拉着小蝎子的手，说："孩子，你的冒失差点断送了性命，世道险恶，现在知道了吧？"

小蝎子潸然泪下。

"孩子，以后要听妈妈的话。"

"嗯。"小蝎子含泪点头。

"你也快长大了，妈妈也老了，以后，你得学会生存啊。"

"可我怎么生存呢？"

"要以毒攻毒，这是没办法的事。"

"以毒攻毒？"

"对，从今天起，你每天都要产生防范之心，产生恶念，产生仇恨……"

"可我不能……"小蝎子为难地摇着头。

"你必须这样，而且，你要杀害那些弱小的生灵，不要考虑它们是否无辜，不要有丝毫的怜悯，这样你就能积蓄足够的毒汁，来保护自己，对付别人。否则，你迟早会受到伤害！"

…… ……

小蝎子沉默了。

从此，蝎母便带着小蝎子，在家园的周围逡巡，一伺有小虫子出现，蝎母便冲上去，毫不留情地蜇死对方，然后把虫尸拖到小蝎子身边，说："看到了吧？你要像妈妈一样狠毒，这样妈妈才能放心。"

小蝎子颤抖着，无语。

日子久了，小蝎子竟渐渐麻木了，再见到蝎母杀害弱者，它也不再产生从前的恐惧。后来，小蝎子也谨慎出击，当它第一次靠自己杀死了一只小肉虫时，小蝎子甚至兴奋地跳了起来。

蝎母满足地笑了，它看到小蝎子的尾部已经发黑，它知道，那里已经有了黑色的毒汁。

蝎母老了，不久就病死了。小蝎子已经长成了大蝎子，粗粗壮壮的，蓄满毒汁的尾部威慑四方。

蝎子又可以无所顾忌地爬到石头上睡觉了，只是，它再也做不出那些芳菲烂漫澄明如水的美梦，有的只是警惕、邪恶和杀戮……

然而，蝎子还是遭到了侵犯，入侵者的攻击使它一筹莫展。那是一个人，用竹夹把它夹进了一个玻璃瓶，它成了瓮中之鳖。

蝎子被卖进了一家高档酒店，现在，它正被泡在酒精里，身体渐渐失去知觉。在它周围，是几副道貌岸然的面孔和几双紧盯着它的充满欲望的眼睛。

"吃了它，这个狠毒的家伙！"有人说。

蝎子感到一种彻骨的委屈，它想辩解，我本不狠，我本无毒，是被逼的。可它哪能辩解呢？一双筷子伸了过来，末日临头的刹那，蝎子忽然想到了"狠如蛇蝎"这句人类常说的话，这话说谁呢？

蝎子在生命的最后一刻，流下了久违的泪水。那泪水很咸，但没有毒……

阿宠的春天

陈力娇

阿宠出生不到半年，就被送到煤井下，从此过上了暗淡无光的日子。

阿别很心疼阿宠，每天喂它草料时，都忘不了给它多兑些苞谷。阿别说，阿宠呀，虽说你叫阿宠，可是没人真正宠你呀，你知道你到井下意味着啥吗？就是你到死都得待在这八百米深处呀。

阿宠像能听懂阿别的话，它抬头看了看阿别，不吃了，把头别到了食槽的这一方，眼里含着泪。那根拴在它脖颈的绳子，被它拉得直直的，像个棍儿，支在它和食槽之间，再也弹不回来了。

阿别就明白，阿宠是上火了。

上火的阿宠，任阿别再喂它什么都不会去吃了。

阿别知道了阿宠的脾气，从此不和阿宠说这样败兴的话了，他换了一种语气，像哄孩子一样对阿宠说，阿宠呀，你多幸福呀，有我陪着你，哪里找这样的好事呀，我要能再活十年，到时我们一起走呵，走呵，就不再回来了。

阿宠听了这话，果真不再耍脾气了，把它毛茸茸的头贴在阿别怀里，不住地拱动，还伸出舌头，去舔阿别苍老的胸脯。阿宠是一匹雪青马，白色重，青色少，像柔软的青白绸缎，均匀地披在它的身上。由于这一身好辨认的皮毛，它的命运注定在井下一生劳作。

但是这一天，阿宠瞎了。

终日不见阳光，阿宠的眼睛就什么也看不到了。阿别劝阿宠道，你别当回事呵，有眼没眼对你一样，你只负责拉车，我为你看路，我不会把你往坏道上领呀。阿宠唯有这一次没听阿别的，它躁动起来，嘶鸣起来。阿别的话音刚落，阿宠一个跳跃挣脱了缰绳，沿着它熟悉的巷道，一路狂奔。

阿宠毛了！阿宠不听话了！阿宠为自己的眼瞎痛苦了！矿工们放下手

023

里的活儿,嘻嘻哈哈去追,他们追了一个巷道又一个巷道,阿宠却仿佛和他们赛跑一样,在晕黄的灯光下灵便地时隐时现。其实阿宠的眼睛早在两个月前就模模糊糊了。

后面的人继续追着,呼啦啦几十号矿工,都是身强体壮,有井下工作经验的,可是任谁也追不上阿宠,到底是五分钟后,阿宠自己停了下来。阿宠刚停下,矿工们就傻了眼了,在他们刚才干活儿的地方,传来轰隆一声闷响,像海浪拍打礁石,直滚到他们脚下。

塌方了!!!

矿工们怔住了,愣愣地盯着战栗不已的阿宠,心哆嗦了。忽然有人大喊,阿宠呀,你如亲爹娘呵,家里还有老小呢,不然这会儿我们就成煤下鬼了!这话是阿别喊出的,阿别老泪纵横,他的话,让巷道里顿时叹息四起。

连阿宠在内,五十条生命保住了;但是连阿宠在内,五十条生命也濒临死亡。没有粮食了,没有水了,阿宠也没草料了,更没有苞谷了。可是细心的阿别发现,巷道里有空气,因为他们并没感到窒息,却不知风从哪里来。

阿别吩咐矿工们找风源,有了风源就可能找到出口。

五个人开始行动了,阿别没让所有人一起行动,他想让大家保存体力,他们在井下还不知要待多少天呢。有人往外打手机,但是信号不好。阿别就让所有人都把手机关了,节省电源,只留一部精良的随时与外面联络。子夜十分,一个叫阿炯的矿工终于和救援队伍联系上了。外面说,他们正在积极想办法,确定方位,让他们坚持住。这话就是说,活命还很渺茫。

大家在巷道里坐了下来,阿宠也趴下了,阿别像守护神一样守护着它。大家心里七上八下。找风源的人一出去就迷路了,到了晚上才摸回来。他们告诉阿别,这是一个老巷道,一时摸不清它通向哪里,如果当时阿宠把他们引向别处,一定会比这好找到出口。

阿别一听不高兴了,把头扭过去,不理说话的人,却把阿宠搂得更紧了。

夜晚来临,人们相继睡去,可是睡下不久,就都激灵醒来,醒来就再也睡不着了。一晃,两天过去,救援没有进展,希望像撕破的纸屑,一点点飘落。许多人饿晕了,支撑不住了,已经有人把目光一次次集聚在阿宠身上。阿别明白大家怎样想的,但是那是他拼老命也不会让他们做的。

人们理解阿别的心思,没人率先行动,这让阿别感到很是慰藉。可是到了第五天,人们实在熬不下去了,眼冒金花,奄奄一息。阿别与阿宠商量,他说,阿宠呀,眼睁睁看着这么多人死去吗?阿宠没有表达,它也饿得虚脱了几次,没有力气回应主人的话了。

翌日清晨,饥饿如恶魔又一次降临。矿工们只剩下活命的欲望了。有一个人忍无可忍,手握尖刀爬到阿宠身旁,他面目狰狞,满眼贪光,可是他很快发现,不用他再费劲了,阿宠已为他准备好了丰盛的早餐。

在一个煤坑边,阿宠的一条腿搭在坑沿上,嘴巴上有黏黏的未干的血痕,显然是阿宠自己咬断了大动脉,血像个小喷泉,汩汩地流淌,热气正温温地袅袅地向上盘旋。

那边,阿别的泪,把耳朵都灌满了。

猎犬黑豹

陈力娇

　　猎犬黑豹已经三天没有吃东西了,科考队员小吴守候在它身旁。南极的风太凛冽了,它们无情地撕破了小吴的睡袋,刮走了小吴为黑豹疗伤的药品和绷带,也把猎犬黑豹的缕缕绒毛掠向了天空。

　　黑豹是为救护小吴受伤的,那天他们一行七人从二号营地到三号营地,途中意外地遇上了冰壁滑落。冰体山呼海啸地来临时只有小吴在一座雪坡上,他是去瞭望一处平坦避风的场所,为科考队小齐寻找一块迎接女红来临的地方。小齐是科考队唯一的女同志,曾经是红极一时的登山运动员,她退役后就一心投入了对南极的考察。

　　黑豹本是该跟小吴去的,它平时和小吴形影不离。但它迟疑了,它敏锐地感觉到了什么。科考队员们看到,黑豹在原地打转,就好像自己在找自己的尾巴,就在这时人们听到一声脆响,一道冰浪自天而降,黑豹像一支黑箭一样射向了小吴。

　　九死一生的小吴被黑豹救了,黑豹却脱落了两颗牙齿,折断了一条后腿。小吴告诉大家,冰浪把它掀倒那会儿,他落到了雪坡的另一头,如不是黑豹及时咬住他的衣服,并把自己的一条腿插在冰隙里,小吴必死无疑。

　　大家都震惊了,聪明的黑豹是依靠冰隙固定住自己,才使自己的力量能与冰浪抗衡。

　　黑豹为此付出了代价,伤口感染让它持续三天高烧不退。

　　科考队停止了前进,不是为黑豹的负伤,而是黑豹的壮举让他们发现了横亘在前方更大的敌人,那就是冰隙。

　　冰隙在南极是他们最大的天敌。冰隙有大有小,大的深则一千多米,浅的也有几百米。它们像隐藏在冰面上的稻草,一般情况下不易察觉,而等人或车不慎掉下去,它们就会像一张鳄鱼的嘴迅速合拢。黑豹救小吴遇到的是小冰隙,也是黑豹聪明,它扑在了雪地上,不然那冰隙的嘴对黑豹也一样不客气。

第四天早上,黑豹吃了一点食物,是小吴哭了它才吃的。小吴说,黑豹你吃一点吧,我要走了,不能陪你了,我们要去寻找陨石,你不吃东西哪来力气跟我们走呵。

一直昏睡的黑豹在蒙眬中睁开了眼睛,它听明白了小吴的话,就勉强吃下小吴塞在它嘴里的饼干。黑豹吃了点东西仿佛有了一点力气,它深情地把头埋进了小吴的怀里。小吴感觉到它不像前几日那么热了,可是好了点的黑豹依旧有气无力。

小齐来叫小吴。小齐说队长说了,一会儿就出发,队长说我们就是一寸一寸排除冰隙也要在明天早晨到达三号营地。小吴一听忙问,那黑豹呢,黑豹这个样子怎么能走得动? 小齐说,队长就是让我告诉你,放弃黑豹。

黑豹似乎听懂了小齐的话,它一下从小吴的怀里抬起头来,它试着想站起来,可是它太虚弱了,试了几次它的腿都没听它的使唤。

小吴满腹怒气,他在打点行装,他无论如何也要把黑豹带上。

队伍集合了,一行七人整装待发。队长胜彼来到小吴面前,他拍拍小吴的背包,说,怎么着,把睡袋换成黑豹了,以后的日子你就睡黑豹吗? 队员们哄地一下笑了。小吴没笑,他嘟着嘴,说,反正我活着黑豹就得活着。队长胜彼脸色一变,说,我以队长的名义命令你,放下黑豹,保存体力,寻找陨石,准备出发!

面对命令小吴没辙儿了,他从背上解下黑豹,像放孩子一样把黑豹放在了冰地上,又不放心,就把自己的一件红色羊绒衫给它铺上,然后留下了足够黑豹吃的食物。

队伍离开了,黑豹起初是想站起来跟着走,可当它发现它的想法不能成功时,它流下了眼泪。小吴回头的当儿,黑豹的泪水刚好流过它细细的绒毛,像豆粒一样滚了下来。

小吴向黑豹奔去,三十岁的大男人抱着一条狗失声痛哭,科考队员都停了下来,都在看着这对生死之交。队长胜彼没有催促小吴,这条硬汉子此时能做的就是给小吴和黑豹一点告别的时间。

这时包括胜彼在内,所有队员都看到,和小吴像兄弟一样抱作一团的黑豹,似乎使出吃奶的力气,奇迹般地站了起来。队员们都松了口气,以为生死离别让这头猎犬产生了不同寻常的力量。

可是大大出乎队员们的意料,黑豹站起身后,看都没看他们一眼,就一蹦一蹦向相反的方向而去,它走得趔趔趄趄,却没有回头。

队长胜彼率先离开,队员们也跟着离开……

又一天的早晨来临了,南极出现了少有的好天气。就在队员们经过艰难险阻快到三号营地时,小齐突然高喊,你们看,黑豹!队员们向着小齐手指的方向看去,看到三号营地的雪坡上,高高站立着赫然醒目的黑豹,它的嘴里衔着一抹红,耀眼的红色火焰一般燃烧在南极洁白如玉的背景之上。

胜彼落泪了,队员们落泪了,只有小吴像傻了一般笑着,他说,黑豹,哥们儿,没忘了带着我的羊绒衫呢。

天鹅的鸭子

茨 园

季节至秋，几乎每天都能看到成串的雁排队从茨园山庄上空飞过。有一天，一只白白胖胖的天鹅落在了我家院里。而且颇为奇怪的是，这天鹅居然喜欢上了我家院子，当然，它并不知道像我这样喜欢喝二两的人，或许会在某天冷不丁把它捉去剥剥煮煮下酒的；当然，我也不知道它为什么要放弃飞行，留在我家院里漠视随时可至的生命危机。不过，很快我就发现，是我家院里有只鸭子吸引了它。

这只鸭子之所以与众不同，并不是因为它有两条腿一张嘴，而是它有纯黑的羽毛。因为它有纯黑的羽毛，我们家其他那些麻鸭就孤立了它。所以，它不能合群。

黑白如此分明，可能是它能够被天鹅喜欢的唯一原因。但不管怎样，那天鹅主动依偎在了这黑鸭子身边，很不协调的，如同生活中一个胖大妇人，偏偏喜欢上了武老大，而且一往情深。

喜欢一个人，是要和他同呼吸共命运的。天鹅喜欢上了鸭子，自然也不能不全身心投入。俗话说，近朱者赤，近墨者黑。天鹅和鸭子形影不离久了，羽毛也就不那么洁白了，不过，对于感情这东西来说，这点事儿又算得了什么呢？

有一阵子，天鹅总是昂头看着蓝天发呆，而鸭子却似乎并没注意到这些，还像以前那样晃动着让人看着就想吃的大尾巴呱呱叫着。又过了一阵子，终于有一奇异的景象出现了：天鹅在左，鸭子在侧，先是天鹅后是鸭子，扑棱着翅膀，使劲儿扑棱着翅膀，然后，天鹅离开了地面，而鸭子却只能在原地打着转转。这样的景象让我看着都想笑，鸭子就是鸭子嘛。果然，接下来的日子，无论天鹅怎么扑棱，那鸭子都惰懒地站在它身边，一动不动，还呱呱轻叫着，不知是嘲笑还是求饶。

有一天，更奇异的景象发生了：天鹅居然抓着鸭子飞上了蓝天。当时，我可是吓坏了的："天爷呀，两大坨肉没了呀！"不过，也就是一刻钟的样子，天鹅又飞了回来，而且还是轻轻地，轻轻地，把鸭子放在了地上。于是，我很灵犀地明白了：这是天鹅妹妹带着鸭子兄弟到天上玩儿的呀。

接下来的日子，几乎是每天，这样的景致都要出现一下的。明显的，能够在蓝天中俯瞰那一泓水塘，鸭子很是兴奋，所以，一没事儿，它就用头一拱一拱的，往天鹅身上偎，那意思再明白不过，也就是人们传说中的那样：

"妹子，天上风景太好了呀，咱再到天上飞会儿啊！"

后来我发现，只要鸭子往天鹅身上拱，那天鹅便抓着它到天上飞。这样的景致真的让我羡慕不已，还一个劲儿想：嗯，我要是这只鸭子该多好啊！

然而有一天，我忽然听到天空中传来鸭子惊恐到不能再惊恐的叫声，抬头望去，鸭子扑棱着短小的翅膀在半空中下坠着，而天鹅，按道理它该是抓住鸭子的，但它却没有，只是伸长着脖子，用自己的嘴，紧紧地，紧紧地噙着鸭子的嘴，那情景，恰如热恋中的热吻。

天鹅和鸭子嘴对着嘴，两条脖子拉出一条好看的直线，直直地下坠着，下坠着，停滞了有几秒钟的样子，天鹅松开了鸭子，箭一样向蓝天高处飞去。

天鹅一去不回，鸭子落在地上，挣扎了几下，死了。当晚，鸭子成了我的下酒菜，喷香喷香的，但我喝着酒，始终没有动一筷子。

天鹅属于蓝天，鸭子就不属于吗？

夜空中的流星

茨 园

　　我养有一猫,公的。依我这年龄,基本无欲无求的。但我家猫猫却不行,春天到了,它发情了。公猫叫春是正常的生理反应,但我家这猫居然标新立异,爱上一只长翅膀的蝴蝶,而且,还是紫色的那种蛾子。我挺郁闷,却真的想不到,这猫还是一用情专一的多情种子,它没事儿就拼命讨好那蛾子,可那蛾子却说:哥啊,我可是喜欢强者的呀,见过老虎没有啊?嗯,它就是我的偶像耶!

　　我家猫猫听了,心里很不服气,心道老虎有啥了不起啊?我一急,就能揭张虎皮回来做褥子呢!本来,这明显是吹牛的,但有一天,我家猫吃着花生米喝了二两小酒,居然倏生斗志,赤手空拳跑进茨园山庄后的犊牯山里,一边找,一边想:什么武松嘛,就打一老虎还得用一棍子,猫猫我要打虎,用尾巴都能抽死它呢!

　　被酒熏晕了头的猫猫满腔热血在山里转啊转啊,果然就遇到了一虎。那虎乍然一见猫猫,十分兴奋,亲亲热热上前招呼道:嗨,兄弟,比赛爬树不?我家猫猫虽然都逛半天了,酒劲儿还没过去,走上前,叭就给虎一大嘴巴子,还说:我看你找牙不?我看你找牙不!

　　平白被打一大嘴巴子,是人也肯定莫名其妙不乐意的,何况一虎?所以,虎抬手就回了一巴掌,不想,仅仅这一下,我家猫猫挂了。按理说,猫猫挂了,故事就该结束了,但大家都知道,猫有九条命,所以它在天上飘啊飘啊,就有一神仙"咣"地踹了它一脚说:下去吧,你还得再活八回呢。于是,我家猫猫就又回来了。猫猫回来了,仍是一多情种子,没事就一蹿一跳跟那母蛾子套近乎。有一天,那母蛾子又说了:哥啊,我可喜欢紫珊瑚了,帮我整一棵呗。

那母蛾子娇滴滴这句话,让我家猫猫骨头都酥了,所以,它说声"好啊,中啊,行啊",找一装满水的大脸盆子,扑通一声一头扎了进去。可能是用力猛了些,猫猫又挂了。猫猫在天上飘啊飘的,又被一神仙一脚踹进大海说:这里才有珊瑚的呀!

我家猫猫是不会游泳的,一下去就又要挂的……但是,大家都知道,很久很久以前,有一叫愚公的,挖一山就感动了天帝,所以,我家猫猫这样执着,也感动了天上飞的,他哗哗流着泪,拉着我家猫猫的手说:兄弟,你的事迹太让我感动了……受不了啊……这样吧兄弟,你孬好给我几张人民纸币好处,我给你弄一棵啊!可我家猫猫说:哥啊,我就一臭猫,哪来的钱嘛!那天上飞的顿时就不哭了,冷冷地说,原来你没钱啊?嗯,那你就拿命来换吧,反正你命也多不是?于是,一番讨价还价,我家猫猫用三条命换了一棵紫色珊瑚。

这些曲折的过程,母蛾子不知道。所以,她抱着那棵紫珊瑚只是"嘿嘿嘿嘿……"笑个不停,好开心的样子。由是,我家猫猫在它眼里渐渐高大了起来。"哥,你真有本事耶!"有一天,母蛾子居然主动和我家猫猫搭起了讪。我家猫猫一听,顿时就觉得自己是一史前的剑齿虎,龇牙咧嘴,张牙舞爪的。谁知,那句甜言蜜语之后,母蛾子又说:哥,我想看天上的流星,可以吗?我家猫猫顿时身上瓦凉瓦凉的,不过,它还是对那母蛾子说:好啊,中啊,行啊!

"哥,你真好!"那母蛾子又这么娇滴滴来了句。我家猫猫想都没想,就豪迈地来句"妹子,你等着,晚上咱一起看流星雨呀"便一头向一块大石上撞去……猫猫又挂了。这一次,是它主动寻死的,因为它已经知道了,它一时半会儿死不了,而且每一次死,都会遇到一神仙为它"指点迷津",所以,它就想了,大不了再多赔条命……果然,一神仙就说了:嗯,弄一流星在天上飞飞并不难,不过,你得付三条命做本钱的。我家猫猫想都没想便哗哗点着头说:好啊好啊,成交!于是,那神仙一声叹息,叭地打一响指,一颗流星,拖曳着美丽的冰冷,缓缓地,在深秋的夜晚,在无垠的天空,自西向东划过……

"哇哇,猫哥哥好本事耶!"母蛾子看着看着,高兴地大叫着,它心想:嗯,猫猫真本事啊,嗯,我得嫁了它啊。但是,母蛾子等啊等啊,我家猫猫再也没出现。母蛾子不会想到,这颗流星,是我家猫猫用最后几条命换的。

母蛾子等啊等的,冬天来了。残酷的冬天冻死了等待中的母蛾子。

女孩与狼

侯发山

　　女孩和野狼的故事发生在一个很冷很冷的冬天。

　　那年，她十七岁。那天天色渐晚，她袖着双手裹紧棉袄拢着自家的羊群匆匆往家回。突然，羊们惊叫着乱了阵势，她下意识地打了个激灵，抬眼望去，她一下子面如土色，惊呆了：离她十几米的地方有一大一小两只野狼。大狼的右眼是个黑乎乎的洞，显然已经瞎了（像是猎枪打伤的），瘦得皮包骨头，一副弱不禁风的样子，而它身边那只小狼可能是它的后代，看样子刚出生不久，站在那里不住地颤抖，不时发出痛苦的惨叫……虽然那只大狼丑陋、骇人，她悬着的心还是慢慢放了下来——她以为，这对饥寒交加的母（父）子俩是没有能力伤害她和羊们的。但她不敢掉以轻心，遂挥起羊鞭轰赶着羊群绕过野狼往前走。

　　没想到，那个独眼狼在后边颠颠着跟了上来。她一边撒腿撵着羊一边回头看，独眼狼太虚弱了，没跑几步便摔倒了，挣扎着爬起来又追，追几步又倒了……她停了下来，不但不再感到害怕，反而动了怜悯之心，为这两只狼担忧起来：它们饿成这样，若再吃不到东西，今晚即便不被冻死，只怕要饿死在这草原上了。意念至此，她没加思索，就从口袋掏出一个馒头扔到了独眼狼跟前。令她惊讶的是，独眼狼没有吃这个馒头，而用嘴把它拱到了小狼面前，小狼立刻狼吞虎咽地吃起来。她被独眼狼的举动深深地震撼了！于是就把身上仅有的五个馒头（不但是为了她防饿，也是为了防止羊群里哪只羊有病或是吃不饱，她身上一般都带着食物）全部都掏给了两只狼。当她看着它们风卷残云地吃馒头时，她又有一丝后悔，她担心野狼有了力气不会放过她和羊，她脚底下抹了油似的急急赶着羊走了。然而，两只野狼并没有追上来，而是目送她片刻，转身消失在茫茫草原深处。

此后有一天,她在赶羊回家的途中被一只壮如小牛的大灰狼截住了。羊们惊慌地围着她乱叫,她也吓得愣愣怔怔的,心惊肉跳,手足无措。大灰狼庞大的身躯上披着暗褐色的毛,一双大眼睛发出阴毒的光,而且可怕地嚎着。转眼间的工夫,它的叫声又引来了两个同伴。它们围着她和羊群不停地转圈,准备伺机发动进攻。她的背脊心里榨出了汗,两条腿弹棉花似的不住地打战。她发现有一只狼静静地注视着她,她与它对视了一下,猛然认出这是那只独眼狼!这只独眼狼此时也认出了她,于是,它低眉垂首与其他两个同伴交头接耳,似乎在用狼语说着什么。它的两个同伴好像不愿意,便聚拢过来跟它撕咬起来。独眼狼张牙舞爪,发出瘆人的咆哮,腾、咬、转、撕,一时间,尘土飞扬,血腥遍地,狼嚎冲天……独眼狼使出浑身解数终于把它的两个同伴撵走了。它筋疲力尽地站在那里,默默地用嘴一下一下地舔着身上血迹斑斑的伤口。她醒过神来后,感激地望了独眼狼一眼,转身赶着羊走了,却是一步一回头,两步一回头,三步一回头。她没想到的是,独眼狼尾随在她和羊群的后边,把她们护送到村口才蹒跚着离去。

这以后,她见了独眼狼就会把随身携带的食物给它分一些。独眼狼知恩图报,热情地扮演起了"牧羊犬"的角色,忠实地保护着她和羊群。

如果不是后来发生了那样的事情,她是不会去伤害独眼狼的。

有一段时间,她所在的村子除了她家,几乎所有的养羊户家里,都发生了晚上羊被野狼咬死叼走的事情。有的是借贷买回来的羊,有的是上级扶贫来的羊;有的是带着羔的母羊,有的是没满月的羊羔;有的家里把羊当成了他们家的储蓄所,有的家里对待羊跟自家的孩子一样……据目击者说,这些为非作歹的野狼当中,就有一只是独眼狼!乡亲们知道她和独眼狼的关系后,都鼻子一把泪一把地去求她,要她除掉独眼狼。在大家劝说她的过程中,她始终没说一句话,末了就叹息一声,便带着浸有毒药的十个馒头去了草原。

见了她,独眼狼和往常一样,兴奋地蹭着她的裤角,幸福地呜呜叫着,并没意识到眼前的危险。她的心嘭嘭跳着,她动摇了,思谋着该做还是不该做。可是,她看到独眼狼脊背上的黑毛油亮亮的像闪光的缎子,身侧的皮毛则金灿灿的像滚滚的麦浪,就想到它不定吃了多少羊才这么健壮,就狠了狠心,哆嗦着手把诱饵丢在了它的面前。独眼狼看了她一眼,毫不犹豫地把浸有毒药的十个馒头吞进了肚里。毒性很快发作了。它趔趄着倒在地上那一刻,她的心几乎要碎了。在独眼狼弥留之际,看着它眼里流露出的痛苦、怨恨和迷惑。抚摸着它渐渐变凉的身体,她心痛地转过身去,眼泪却像奔腾的小河刷刷地流。

后来,她说服父母把羊处理后,便只身进城里打工去了。

虽然远离了村庄,但她没事发呆的时候,她的眼前总是浮现出一望无际的大草原,大草原上有一只独眼狼和一个挥动着羊鞭的牧羊女孩在嬉戏玩耍!

老人与蛇

孙春平

　　我当年下乡插队的屯子叫徐家台,位于大凌河畔,村西有片涝洼地,荒草萋萋。乡亲们一次次提醒,说那片洼地可不能去,那里长虫多,且多为毒蛇,若被咬了一口,小命还是不是你的都很难说。惊得知青们不禁色变。乡亲们又说,咱屯也就徐老顺不怕蛇,三伏天他敢脱光了膀子钻进荒洼睡大觉,出来时保证屁事没有。说得我们又将信将疑。

　　徐老顺是生产队的车老板儿,大鞭子一甩惊天动地,很精壮也很粗豪的一个人。那年犁二遍地,我给掌犁的徐老顺牵牲口。歇息时,我问,有人叫你顺蛇天王,真的假的?徐老顺指了指那片荒洼,迈步便走,我怯怯地跟在他身后。突见一条俗称野鸡脖子的毒蛇从草丛里蹿出,飞快而逃,徐老顺大喊一声"嗨",那蛇好像中了定身法,立刻停在那里不动了。徐老顺走上前,让人难以置信的神奇一幕出现了:只见他把手伸出去,那蛇便乖乖地爬到他掌上,盘成一坨再不动。我看得目瞪口呆,徐老顺说,以后你少招惹这东西,真要出个闪失,后悔都来不及。我问,那蛇为啥怕你?徐老顺说,我也说不清,我三岁时就敢跟蛇在一块玩。长虫这玩意儿,不论有毒还是没毒的,你不招惹它,它也不祸害你。大小是条命,咱祸害它干啥?再说,它还专吃耗子,耗子可是败家的东西。你说是不?

　　我后来抽工回城,进了报社,一晃儿二十多年过去了。前几年,我听说徐家台出了个养蛇专业户,很自然地想到了徐老顺,便急急跑去采访。

　　养蛇场就建在那片荒草洼上,水泥板墙圈成好大一个院子,院里一座白色的三层小楼,还有几大排蛇笼。蛇笼也是水泥筑就,上面罩了一层很细密的铁丝网。场主却不是徐老顺,而是他的儿子徐军。徐军说,我爹只管抓蛇,让他养让他卖都整不明白,还老跟我嚷嚷。这是又到河洼里转去了。

徐老顺是踏着晚霞回到养蛇场的。老人已瘦削伛偻得厉害，全没了往日的精壮，跟我叙旧时一直倒背双手，手上提着瘪瘪的布口袋。徐军说，爹，先把蛇放到笼里再聊吧。徐老顺便将袋里的三条蛇倾进笼里。

我问，这东西不好抓了吧？

老人诡秘一笑，小声对我说，虽说没有前些年那么多了，可一天弄个几十条还不难。我是轰不动大牲口啦，又不想白吃白喝看他们的白眼，要不，哼，就这三条，他也休想！我是专挑有毛病的给他带回来，不然也不能生儿育女啦！

我又问，就为抓三条蛇，不过您老抽袋烟的工夫，怎么一走就是一天？

徐老顺说，我顺河套溜达，累了，找处阴凉躺下歇，找来几条粗大些的长虫，让它们趴在我身上，那东西凉啊，三伏天在这心口窝一盘，啧，那美劲儿，甭说啦！我说这个，别人兴许不信，侄小子你能信吧？

我有些听呆了。那是一幅何等美妙的天人合一图景：蓝天白云，清流碧草，一位白发老人袒胸露腹，静卧草中，几条蛇在他身上温顺地盘卧……

老人愈发显出孩子般的天真，很神秘地对我说，我再跟你说件奇事。过大坝往西，有一片瓦刀形的草滩，草滩里有条小白蛇，二尺来长，通体银亮，稀罕死个人！那小东西打去年夏天就跟定了我，只要我一进那片滩，它就簌簌地跟在后面。我躺下，它就盘到我脖上来。你说奇不奇？

大凌河是条桀骜不驯的河，只要上游地区下暴雨，下游河道便浊浪汹涌，流量不亚黄河汛期的势头。去年夏天，一场洪水过后，有人提供新闻线索，说大凌河畔有一养蛇大户，大水到来之际，为了防止毒蛇伤害护坝军民，不惜蒙受巨大财产损失，将圈养的毒蛇全部斩杀，而场主的父亲却不幸死于蛇口。我立刻想到徐老顺，大惊，也大疑：一个视蛇如子，又天生让蛇畏惧的老人，怎么可能？

但死去的的确是徐老顺！那天，指挥部紧急通知，说洪峰正向下游迅猛推进，要求立即组织沿岸民众疏散。徐军得到消息，命令雇工在撤离前将所有的蛇笼用铁网紧紧拧死。徐老顺急了，说，人的命是命，蛇的命就不是命啦？这么一整，大水真要下来，几千条蛇可就全完啦！徐军说，水崩坝我认倒霉，只要大坝没事，这些活物就还是我的。徐老顺见儿子不听商量，转身进楼，砰地关死了楼门，扔下话，那我就跟蛇在一起，不走啦！徐军追过去，破了嗓子喊，爹，这是啥时候，你还赌气？水火无情啊！徐老顺骂，说，人呢？人也不讲情义？你吃的喝的住的，啥不是指望着这些活物？眼看大限到了，你撒丫子跑人,却连条生路都不给这些活物留,你还是人吗?徐军急了,命令雇工破窗入室,拖他出来。徐老顺蹬梯上了楼顶,说你要再逼我,我就一头扎下去,先摔死给你看!儿子无奈,说,爹你可千万不能下楼。咱这楼清一色水泥砌成,一般的水势冲不倒它。您老保重吧!

徐老顺眼看着人们撤离而去,就下了楼,找了根铁棍,急慌慌把所有蛇笼的铁网都撬开。蛇们似也知道情况危急,滚涌着冲出笼门,四散窜逃。但就在这时,大门外摩托车响,乡里的通讯员隔着大门冲里喊,老顺叔,乡长派我送话,说有毒的蛇一条也不许放出来!大坝上抗洪的军民上万,只怕毒蛇伤人啊!徐老顺一时呆怔,刚才光想救蛇,咋就忘了这个茬儿?他扔下铁棍,转身抓起一把铁锹,见了毒蛇便劈,便拍,满面是泪,嘴里叨念,别怪我徐老顺无情,人命关天,孩子们啊……

徐老顺斩蛇这一幕,通讯员尽收眼底。就在他转身跨上摩托时,凄厉的警笛声响彻了天地。大水就是在那个时候排山倒海冲漫过来。好在不是大坝崩塌,而是洪水从支流倒灌,附近几个乡镇顿时变成一片汪洋。

大水过后,人们在小楼顶上找到了徐老顺。徐老顺仰卧楼顶,双目微阖,神色安详,看不出死前有痛苦挣扎的迹象。令人惊异处,是最先登到楼顶的人曾看到徐老顺的胸口盘了一条白白亮亮的小蛇,见人们近前,便哧溜一下逃走了。细察徐老顺的遗体,只在脖颈处发现了两点细浅的齿印,是蛇伤,毒液便是从那伤口浸入了他的体内。人们大惑不解,蛇虫惧他,如鼠避猫,怎么这一次就偏伤了他,而且一口夺命?难道真是天意吗?

我参加了徐老顺的葬礼。乡里考虑到徐老顺有保护抗洪军民的大义之举,批准可以土葬。部队还派来一个少校军官和一个排的士兵。当民间乐手吹起高拔哀绝的唢呐,棺木缓缓落入墓穴那一刻,众人眼见有一条白亮小蛇从脚下草丛里蹿出,眨眼间便钻到棺木下不见了踪影。徐军大惊,揣在手里的锹停住了。我对他说,大伯说过,他有这么一个朋友。它要陪伴老人,就让它去吧。

少校挥手,士兵们的枪声震耳炸响,那余音在天地间久久回荡……

小宠物

巩高峰

　　说真的，嫦娥是我的宠物，但我从来没把赛狮和赛虎当成是宠物。

　　我＝赛狮，弟弟＝赛虎。从这两条小狗还是两个会叫唤的绒球球开始，我和弟弟就各自认领并分头对号了。名字各自取，本领各自训练，夜草各自准备，很快，两条小狗如愿长成我们希望的样子：耳朵尖得像刀片，眼睛清澈灵动，身躯高大威武，站起来前腿就能搭我肩膀上，跟在我们身后在村里走一圈，能吸引一堆羡慕嫉妒恨。遛它们的时候，它们喜欢去麦地里疯跑。于是我和弟弟带上风筝，放起来，线拴在它们腰上，我们自在地躺在麦地里，觉得世界都是我们的，伸手就能抱在怀里。

　　而嫦娥就不同了，它是一只兔子。嫦娥是邻居小四家那只又老又丑的母长毛兔生的，那只老母兔在小四的床底下掏了一个曲里拐弯又无比幽深的洞，然后每个月都从洞里领出一窝小兔子，白得像雪球。有一天其中的一只蹦蹦跳跳跑我家来了，不肯走，送回去，转身它就偷偷溜回来。小四说，反正逮回来它也还是往你家跑，干脆你养着吧。

　　于是我给它起名嫦娥，成了我的宠物。我给它割草，挑嫩的。我给它喝水，用太阳晒过的。我还亲手给它做了一个笼子，因为我怕它会跑我床下掏个洞。我跟它说话，告诉它我栽的哪棵花打了花骨朵，哪棵丝瓜上了架。我给它起名嫦娥是因为它实在太好看了，眼睛红得像朝霞，浑身的毛一根不乱，越来越飘逸，像奔月路上的嫦娥——我实在想象不出，它怎么会是那只又丑又肥还浑身兔毛都黏结成球的老母兔生的呢？

　　但是我对嫦娥好，其实是因为我有个目的，我想发财。村里零花钱最多的四蛋，他爸以前是兽医，后来在村头办了个养兔厂。四蛋爸是个急性子，他等不及一茬一茬剪兔毛，所以他养的不是长毛兔，而是肉兔。肉兔像是风吹大的，没多久就拉走一车，然后就能看到四蛋爸在厂门口数钱，数到后来嘴里吐不出唾沫，要让四蛋帮忙往他手指上吐。

按照小四家那只老兔子的基因，嫦娥生小兔子应该也很厉害，一个月一窝，生下来的小兔子我不卖，养大它们，然后每个兔子再生，子子孙孙。同时，我又勤快爱干净，还能保证兔子可以剪毛。兔毛可是和韭菜一样，割了长长了割，无穷无尽。

不过弟弟可不这么想，无论我怎么给他分叉再分叉列出算式，描述美好的前景，他都提不起兴趣。他的最大热情，都在带着赛虎去伙伴中间耀武扬威上面。

好在赛狮是我的帮手，它最大的职责就是看门，直到嫦娥逐渐把院子当成世界。当然，赛狮在我的示意下会允许小四家的公兔子进来，因为小四悄悄跟我说了，想让母兔生小兔，关在笼子里养再大也没用的。具体为什么，别说我，小四也搞不懂。

当有一天嫦娥食欲忽然变小，开始频繁地往笼子里衔干草时，小四诡秘地笑着告诉我，嫦娥可能怀孕了。怀孕的母兔脾气可不好，别惹它。另外，兔子胆小，见血死，注意啊！

啊，那过年时我妈不能在院子里杀鸡宰鱼了？

小四大笑，说，见血死不是说兔子看到血会死，是别让它受伤，掉点儿皮毛没事儿，如果出血了，一准儿会死。不知是小四的乌鸦嘴带来的坏兆头，还是嫦娥命中噩运，祸闯在了赛虎嘴下。

我吓唬过赛狮，要它离嫦娥远一点，可是赛虎只肯听我弟弟的号令。饿极了，它去抢我给嫦娥加餐的一碗剩饭，这招惹了嫦娥，被嫦娥扬起前腿打在了鼻子上。赛虎哪里会把嫦娥放在眼里，一个前扑就把嫦娥咬在嘴里。等我醒过神来，嫦娥已经趴在那里直抽搐。

嫦娥的脖子被赛虎咬了个洞，出血了。我抱着它飞奔着去找四蛋爸，他不在厂里，四蛋说去给他四叔家搁猪了。我再一口气跑到四蛋四叔家，他们的酒喝得正酣，桌上的主菜是四蛋最喜欢炫耀的菜，辣椒炒猪蛋。

我的焦急对四蛋他爸一点作用不起，他慢悠悠喝完了瓶里的酒，不厌其烦地吃完了盘里的菜，才喷着酒气翻看了我怀里的嫦娥，说："没气了，回去炖了吧。"

其实不用他说我也能感觉到嫦娥死了，开始它在我怀里还动弹，后来它慢慢耷拉着耳朵，伸直了后腿，身子像是变长了。

回家的路上，我一直在想该给嫦娥安排一个怎样的葬礼，是埋在屋后的泡桐树下，还是门口路边的柳树下。但结果是，所有人的意见和四蛋爸一致，要把嫦娥炖了。小四甚至主动请缨由他来剥皮，因为他有经验。

兔皮被钉在墙上，兔肉在锅里炖着，我妈有条不紊地往锅里加调料。小四嬉皮笑脸地和我弟弟说话，等待着兔肉出锅。

所有人都笑意盈盈，除了我。兔肉热气腾腾地装了满满一菜盆，我妈给我单独盛了一大碗，让弟弟端给我。弟弟端着碗怯怯地看我，不说话，我也不理他。于是他们热火朝天地吃了起来，边吃边讨论兔肉和鸡肉、猪肉的区别。吃得兴起，弟弟吹了声口哨，一挥手把一块兔肉扔给了赛虎。兔肉划了道弧线，"啪"的一声落在地上。赛虎打量了一下，回头看了看赛狮，赛狮晃了晃脑袋，看我。赛虎终于忍不住，两爪摁住兔肉大嚼。

瞥了一眼兔肉，粉红色，油汪汪的，我不由自主地咽了一口唾沫。可是想想我那通过嫦娥发家致富的梦想，此刻就毁灭在饭桌上的汤盆里了，我忽然觉得我的口水和他们的大快朵颐，都是一种罪过。

趴在地上的赛狮本来一直流着口水，轻声咿呀着盯着赛虎边看边流口水，忽然抬头见我眼泪汪汪的，于是不动了，只盯着我，对兔肉连看都不再看一眼。

我"哇"的一声哭了出来。

消失在街角

龚房芳

　　"一、二、三、四……"米米兔知道,数到二十,那个叫兜子的顾客就会消失在街角。第二天下午三点五十分,兜子先生会准时再来到米米兔的咖啡店。

　　"来一杯青翠山林,再加一客蜂蜜潺潺清流蛋挞,手巾最好给我幽兰山谷那种味道的。"兜子先生总是这样对米米兔说,他的声音充满着磁性,米米兔听起来舒服极了。那些乖乖的饮品食品名字都是米米兔想出来的,这让她有点小小得意哦。"好的。马上就来,请稍候。"米米兔总是这样回答。偶尔她也会说:"哦,真对不起,幽兰山谷味的手巾没有了,您看风吹过枫林这种味道的可以吗?"

　　"可以,没有问题。"兜子先生这样回答着,照例坐在门左边的第三张桌子前,这是他固定的位置。无论生意多火爆,米米兔都会留给他的。事实上,生意火爆的日子很少,更多的时候也就是顾客兜子先生和老板米米兔在店里静静地待着。

　　兜子先生点的东西上齐后,米米兔就把自己隐到柜台后面的阴影里去了,从不打扰兜子先生。她会放一点轻音乐,把自己不小心弄出的声响也隐在音乐里了。但是其实,米米兔一直在悄悄地看着他。兜子先生常常拿出一本书来读,还会在本子上记着什么。米米兔常猜想兜子先生可能是个作家,也许他正在写一部小说。

　　窗外的阳光从四点的角度开始慢慢下降,直到退至西山后,兜子先生喝完最后一口咖啡,收拾起书和本子,结账告辞。

　　路灯还没有亮起,咖啡店的灯光让门前的路面有些恍惚。米米兔伏在柜台上,踮着脚尖,看着兜子先生出门走到大街上。"一、二、三……二十。"兜子先生消失在街角,米米兔才把手中的钱放进一个大口瓶子里。每次兜子先生给的钱,米米兔总是单独放起来,她喜欢没事的时候拿出来数一数,算算兜子先生在这里喝了多少咖啡,自己赚了多少那种带点儿松枝味的钞票。

那一天下午,天空先是飘起了小雨,接着转为大雨,雨水在屋檐下织出一道帘子,却挡不住哗哗的雨声。三点半,米米兔就开始烦躁,她担心有雨的寂寞下午兜子先生会不来了。

三点五十分,门开了,兜子先生冲进屋里,夹着一股风和雨的腥味。米米兔不等他说话,就先递过来了幽兰山谷手巾,接着是青翠的山林和那种兜子先生喜欢的蛋挞。兜子先生依然静静地待着,可米米兔觉得很安心。

一直到天完全黑下来,雨也没有变小,兜子先生因为这雨没有准时离开。但是可以看得出,他是想赶快回去的。米米兔却暗自庆幸,在这下着大雨没有生意的晚上,有人陪伴着,哪怕不说话,也不会太寂寞了。

米米兔突然想起咖啡豆不多了,应该提前备一些。她打了咖啡园的电话,响了很久也没有人接听。奇怪,这可是从来没有过的事情。她叹了口气,挂了电话。兜子先生正焦急地看着黑糊糊的窗外,雨滴落在窗户玻璃上很快成股流下,汇入地上的河,雨还是那么大。

过了一会儿,米米兔再打电话,还是没人接,她变得不安起来。兜子先生却像下了很大的决心,过来结账告辞。米米兔轻声说:"雨还是很大呀,可以再等等的。"兜子先生用那种总是很温和的声音说:"不等了,我还有事。"

兜子先生冲进雨里,米米兔看到他在飞奔,自己还没来得及数清几步,人家就消失在街角了。米米兔摇摇头,叹了口气,发了一会儿呆,又拿起电话。

这次,是那个苍老的声音在说话,听起来有点气喘吁吁的:"……好的,米米兔小姐,明天一早我会送到的。"

打烊了,米米兔从大口瓶里拿出钱,放在那个门口的袋子里。她知道,第二天早上她一开门,满满的阳光就会涌进来,她还会看到咖啡豆已经被送来,放在门口了。

只是她不知道,送咖啡的和来喝咖啡的,都是兜子先生。他总是在晚上,在电话里装扮成老头儿卖咖啡豆,在下午,准时到店里去消费。而那些钱上的松枝味,就是米米兔的大口瓶里的味道,这瓶子原来盛过松香。这些年,这些钱一直在米米兔和兜子先生的手中传来传去。直到有一天,这些也许会成为他们共有的钱。

请问我可以进来吗

龚房芳

河马先生刚吃好晚饭,正准备洗碗的时候,响起了敲门声。对于独住在河边石屋里的河马先生来说,这敲门声简直就是最好听的歌。

"谁呀?"河马先生边往门口走边问。从餐桌到门口是十一步,河马先生不知道量了多少遍的了,没事做的时候,他常这样。

可是这会儿,他只走了大约八九步就到了,到底是八步还是九步,由于太激动,河马先生无法数得清。

"是我,请问我可以进来吗?"很轻很轻的声音,迟疑地顺着河马先生打开的门缝钻了进来。门口站着的是一位猫女士,她的衣服有些皱,但她的头发显然是特意整理过的,她弯腰施礼说:"河马先生,给您添麻烦了,我是流浪到这里的,您看——"

"啊,快请进来吧。"河马先生拍拍手说,"哎呀,我不知道会有客人来,家里有些乱,请您千万别介意。"

猫女士拉了拉她那土黄色的披巾,很小心地打量了河马先生的屋子。"请问,我可以帮您收拾一下屋子吗? 我只想,只想,只想换回一顿晚餐。"

河马先生摆摆手:"不不不,我不需要您做任何事情。"看着猫女士失望的眼神,河马先生立刻又说:"我的意思是,您可以在我这里吃晚餐,但不用做任何工作。"

当河马先生把饭菜端上来的时候,猫女士已经洗干净了双手,并把餐桌收拾了一番。看得出她是很饿了,可她还是保持着风度,她吃饭的时候真是优雅。

不管河马先生如何客气,猫女士在饭后还是帮他洗了碗,整理了厨房。"明天,哦,如果可以的话,我明天来帮着收拾房间吧。现在我要到外面去了。"河马先生热情地说:"您完全可以在这里住的,我还有一间客房呢。"

"不不不,已经给您添了不少麻烦了,我在屋外的草丛里就可以休息了。明天见,河马先生!"猫女士说着,脚没有挪动。河马先生看出她很为难,就问:"怎么,是不是外面太黑了?"

猫女士停了三秒钟之后说:"是这样的,我的胃口比较大,夜里常要加餐的,请问我可以多带一个面包出去吗?一个就够了!"河马先生笑呵呵地把剩下的两个面包全塞给了猫女士。

河马先生今晚是哼着歌度过的。"如果有个邻居,那倒是不错的事情呀。"临睡前,河马先生还在想着。

后来,猫女士真的过来帮忙了,每一餐,她吃的并不多,可她总喜欢在外面加餐,河马先生看她抱着食物走出去,就微微地笑。

猫女士很勤快,自从她来到,河马先生的屋子变得干净了,整齐了。猫女士会在午后的阳光里为河马先生讲个有趣的故事,阳光从玻璃窗透进来,温暖又舒服。河马先生的心情好极了,他都想不起以前的孤单日子是怎么过的了。

直到有一天,猫女士小心地问:"河马先生,请问我可以在桌子边住下吗?外面真的开始冷了。"

河马先生又一次摆摆手说:"不不不,您帮了我很多忙,还给我讲故事听,已经足够支付你的房费了,我再次邀请您到我的客房来住。"

"可是,可是,请问我可以带一个孩子进来吗?他一直躲在外面不敢来打扰你。"猫女士有些迟疑,有些紧张地看着河马先生的表情。

"怎么不可以?你甚至可以把两个孩子都带进来,为什么不呢?"河马先生真诚地笑了。

于是,在外面飘满落叶的时候,这个石头做的屋子里却暖洋洋的。河马先生把爬到他头上的男猫宝宝抓下来,放在自己的膝盖上,点着他的鼻子说:"你怎么不能像妹妹那样安静呢,瞧,她这会儿肯定躲在一边看书吧。"

他的话还没说完,就觉得脚心好痒,原来女猫宝宝早钻到摇椅下面,去挠他的脚心了。"哎哟,哎哟,瞧你们两个小调皮,看我不教训你们?"河马先生的声音很大,可他的手伸出来,上面却躺着两块糖果。

猫女士在旁边的椅子上坐着,她正在编织一顶绒线帽子,是给河马先生的。"我一直不明白,你怎么早就知道我有两个孩子呢?"猫女士第七十八次问。

河马先生第七十八次回答说:"因为你这么苗条的女士肯定吃不了那么多东西。还有,我曾在夜里听到了三种不同的呼噜声,呼噜声会在风中跳舞。"

我们家和灰兔家

龚房芳

"把这些山核桃带上吧，这是邻居家的松鼠太太送给我的，我一直留着呢，够你们冬天吃上一阵子的啦。"灰兔太太在我临走时这样说。

我都说了很多遍了，我家冬天不需要吃的，就像我说了我不需要兔子作玩具，可每次走的时候灰兔太太还是会给我捉上一只最肥的兔子。

"没有你妈就没有我们全家。"灰兔太太把那只兔子递到我的手上，回头指了指身后的一大群兔子，没错，那是一片兔子的海洋。

走没多远，一到灰兔太太看不见的地方，我就把那只兔子放下了："现在你自由了，你可以去任何地方了，甚至可以回家。"兔子摇摇头，很坚决地说："不，你们是我们的恩人，我要去你们家报恩，我要给你作玩具。"

我把手上装山核桃的口袋甩到后背上，这样会轻松一点。我大踏步地往前走："好吧，如果你坚持。很快就会见到你的哥哥姐姐了，其实这是在增加我的负担啊。"

兔子问："你真的把他们当玩具吗？像扔绒布兔子一样扔来扔去吗？"我故意逗他："是啊，我训练他们列队呢，我有一支兔子部队。"他有点紧张起来："难道还会让我们互相打仗吗？"

我不回答他，只顾往前赶路，心里在偷偷地笑。兔子可不比我慢，他问了一个每只兔子在这条路上都会问的问题："她是怎么救她的？"兔子说的是我的母亲是怎么救他的母亲的。

我又把那个讲了又讲的过程讲了一遍：那时候，灰兔太太怀上第一胎孩子，也许很容易饿，所以她吃草时没注意到危险在逼近，有一支猎枪对准了她，猎人的手指——也许是中指也许是食指，这要看他的习惯了，你问我我也不知道到底是哪根手指——正在往扳机上加力……我的母亲突然从树后伸出一只手来，她也是孕妇，正在树下坐着休息，伸手是为了伸下懒腰。后来母亲说，就在瞬间她看到伸出去的手指间有光环，她以为自己有了魔力，她常想自己会碰上仙人什么的。手上还有灼热的感觉，她本能地攥住了手，疼痛又让她把光环扔还到来处，猎人拔腿就跑，子弹在他身后炸开了。

灰兔太太这才知道是母亲救了她，空气中有股皮肉烧焦的味道。灰兔太太瞪着血红的眼睛看着母亲灼伤的手，大颗的泪落下来。她说了一句"我会报答你的"就走开了。

我一出生就知道灰兔太太，我每年去她家串一次门。我是家里的独生子，而她家却有几百个孩子。是的，只要灰兔太太愿意，每月都可以生一次，这一次有可能就是十几个孩子哦。

我越走越快，离家越来越近了。跟来的兔子似乎更紧张了，哈，你也害怕打仗、打枪吗？我在心里再次地偷笑。

一到家，我就把一个舒适的房间打开，很优雅地对那只兔子说："请吧，去见你的哥哥姐姐吧。"那只兔子惊呆了，接着发出一种很夸张的叫声。兔子很少会大叫的，但我至少每年可以在这个时候听到一次。

是的，灰兔太太送给我家的兔子都在这里，这些兔子们没被我当玩具，都被我们细心地养了起来。我把他们养得肥壮，打扮得更漂亮，他们个个举止优雅，根本和所谓的打仗沾不上边。等到一定的时候，我会把更多的兔子还给灰兔太太，会让她收到一个大大的惊喜的，也许到时候灰兔太太也会发出一声夸张的叫喊。

我把山核桃交给母亲，母亲指示我分别放在一些田鼠先生容易找到的地方，让他冬天能发现这些好吃的。

"去割足够的草留给那些兔子宝贝们吧，干完这一切，我们就开始冬眠。"母亲挥着那只受过伤的手说。

"您又让一只熊去给兔子割草！"我嘟嘟囔囔着，却不得不拿起镰刀和草筐出发了。不抓紧完成这任务就没时间了，冬眠的日子真的快到了，我打了个呵欠，开始干活。其实我已经悄悄地给他们准备了很多的胡萝卜和蘑菇干，对于整个冬天不能陪伴他们，我感到很歉疚。

是的，我们是黑熊一家，母亲挥动的那只手就是被父亲称为光荣的熊掌的，救过灰兔太太的命的手。而灰兔太太到现在也不知道这只手后来连个核桃也拿不起来了。

母亲是有三只完整熊掌的黑熊。

骑 马

包兴桐

我们不知道，为什么村里没有马。

没有马，我们就骑牛，骑羊，骑猪，骑狗，骑鹅，骑凳子，骑扫帚，骑扁担，骑树杈，骑人。有的人，看了大戏，就学着戏里的样子，裤裆一提，手里的竹枝一甩，嘴里喊着"驾驾"，就算是骑马了。

在这么些东西里面，人是最听话的。两个人只要说好了，就可以互相骑来骑去。所以，我们还是比较喜欢骑人。早上，会有很多人骑着他的"马"神气地从村子里穿过，他们有的唱歌，有的大声说话，有的嘴里不断地喊着"驾——驾——"，可是，一出了村子，一到了上山的路上，"马"上的人就要赶紧滚下来，让他下面的人骑着。刚才在村子里，在大家面前很神气的人，现在只好被他的"马"骑在下面，低着头不说一句话。他们知道，还有好长一段山路要走。当然，也可以不当马，但那要帮他的"马"看半天羊或割一担柴。最合算的可能要算阿井，他整天在村里骑着阿开，到了山上，也不用帮阿开做什么，只要愿意让阿开找他五个姐姐中的一个玩就可以了。

最不听话的可能要算牛和猪。牛太高了，脾气又大，又喜欢甩尾巴抬屁股，骑在上面，一不小心就会被甩下来；猪喜欢低着头，又会拱，一看有人骑它，它就到处乱钻。骑猪的人，常常不知道自己下一步会在哪里。骑牛骑猪实在不是件容易的事，所以，骑着它们也就最神气。我们平时只能偶尔骑一下猪或牛，只有阿管和阿达可以整天骑着猪和牛。阿管他爸爸是猪倌，他家养着一头公猪，壮得像只狼狗，走起路来都是"哼叽哼叽"地响。老猪倌经常赶着那头公猪给人家的母猪配种，平时，阿管就骑着那头公猪到处拱。老猪倌说，有阿管骑着，可以让它平时老实些。有事没事，阿管就会骑着他那头大公猪在大家面前走来走去。大家说，阿管生来就是猪倌的胚。

骑牛的人要多些,但真正让自己的两只脚整天闲着,却只有阿达一个人。我们只是偶尔爬到牛背上骑一会儿。大人们说,牛是容易被骑伤的;再说了,骑了一会儿,牛们就不乐意了,就要甩尾巴抬屁股。

可是,阿达的那头牛,好像巴不得阿达整天骑着它。它跟阿达真是太好了,大家都说那就是阿达的老婆。

"阿达,你老婆被你养的可真好。"大家看到阿达骑着他的牛过来,就笑着说。

"没办法啊,它娇贵得很,脾气大得很,我不能不把它养得好。"阿达骑在牛背上一晃一晃地说道。大家觉得他这是在故意叫苦。

"你可不要身在福中不知福啊。"大家差不多是异口同声地说,"你看我们的脚,整天要像拐杖一样在泥里水里戳来戳去,你看你的脚,像两根腊肉一样整天挂在牛背上晃来晃去,不挨泥不沾水,多舒心。"

"我就知道,我说了你们也不相信。我这真的叫有苦说不出啊。我现在就差去讨饭了。"阿达说。他座下的那头黄牛睁着大大的圆眼,很温和地看着大家,好像是要听听阿达到底要说什么。

"你看,你看,你又来了。再说,你就是讨饭,只要有这么听话的畜生,你就是讨饭也神气啊。"

"唉,你们不知道,它现在都成精了。牛嘛,本来就是吃草的,吃素的,可是它倒好,它要喝牛奶,它喝肉汤喝鱼汤。最难侍候的是,每天吃饭,每一样菜都要先让它尝尝新。我阿达什么时候这样侍候过祖宗了?这样,我都可以养山魈了。

"你们不知道,它现在不在牛圈里睡觉,它要到屋里来睡觉,大概是觉得外面不安全吧。现在,它吃点夜宵才睡觉,它要躺在我旁边才睡觉,要听我说一会儿话才睡觉。"

"妈的,阿达这小子真是好福气。他那牛,真神了,比人还懂事。"大家边听边议论。

"你们以为我乐意整天骑着它到处走——也许开始真的是这样,可是,后来,现在,我一点都不想。现在,我最想的是什么时候能安安心心地在家里休息一会儿,拿把椅子坐在院子里看看小鸡啄食,躺在床上看看天花板。可是,它整天要我骑着它这儿走走那儿走走,好像每天都有风景等着它出来看看,每天都有朋友熟人等着它出来见见,每天都有好吃的东西等着它出来尝尝。要是我一天不骑着它出门,它就会在屋里开始'啪啪'地甩尾巴,然后就踢脚，然后就叫，然后就流泪。所以，我每天只能骑着它走来走去。"

"这牛真神了……阿达这小子……"大家互相低声地说。

"你们不知道……"

不管阿达怎么说，甚至好像要流出了眼泪，大家还是觉得他是得了天大的便宜在卖乖。大家觉得，有这么一头比人还灵性还娇贵的牛，睡梦都会笑出声来。唯一觉得他真的值得同情的，是村里的小老头儿阿起。可是，阿起的同情又是值得怀疑的，因为阿起是村里从来没有说过想骑牛的人。

"阿起，你什么时候也找个东西骑一下。"大家常常这样对他说。

"我骑了，我不是整天都骑在我的双腿上吗？"阿起说，"有这么好的两只脚，却那么麻烦地去找那么粗糙的四只脚，我才不干。"

阿起很小的时候就会说这样的话，所以大家都叫他小老头儿。

我家过去年代的一只猫

李 娟

　　我们祖上几乎每一辈人都会出一个嗜赌成性的败家子,到了我外婆那一代,不幸轮到了我外公。据外婆回忆,当时破草屋里的一切家私被变卖得干干净净,只剩一只木箱、一面铁锅和五个碗。此外就只有贴在竹篾墙上的观音像及画像下一只破破烂烂的草蒲团。连全家人冬夏的衣裳都被卖得一人只剩一身单衣,老老小小全打着赤脚。

　　但是外婆一直藏着一只手掌心大小的铜磬,那是她多年前有一次走了五十里的山路,去邻县赶一场隆重的庙会时买的。对她来说,这只小小的磬是精美的器物,质地明亮光滑,小而沉重,真是再漂亮不过了。更何况她曾亲眼见过庙子里的和尚就是敲着它来念经的(当然,那一只大了许多),于是它又是神圣的。

　　她时常对外公说,那是观音菩萨的东西,不可"起心"。可外公偏偏起了心,有一天输得眼红了回家对外婆拳打脚踢,逼她交出磬。后来外婆实在是被打急了,只好从怀中掏出来掷到门槛外,然后一屁股坐到地上大哭起来。

　　六十多年过去了,外婆至今还时常唠叨起那只小磬,不时地啧啧夸赞它的精巧可爱。而那个男人曾经对她造成的伤害,似乎早已与她毫无关系了。毕竟外公都已经过世半个多世纪了,死去的人全都是已经被原谅的人。

　　另外外婆时常会提到的还有一只大黄猫。那是继外公卖掉磬之后,第二个最不该卖的东西。

　　第一次大黄猫被卖到了放生铺。放生铺离家门只有十几里路。清早捉去卖掉的,结果还没吃晌午饭,那黄猫就自己跑回来了。外婆和孩子们欢天喜地,连忙从各自的碗里滗出一些米汤倒给猫喝。

　　结果第二天一大早猫又被外公捉去了,这次卖到永泉铺。永泉铺更远一些,离家有三十多里,外婆想,这回猫再也回不来了。结果,那天外公还没回来,那神奇的大黄猫就又一次找回了自家门,亏得外公赶集去的一路上还是把它蒙在布袋子里,又塞进背篼里的。

外婆央求外公再也不要卖了。她说,只听说卖猪卖鸡换钱用,哪里听说卖猫的!再说谁家屋头没养只鸡、养条狗的,而自家连鸡都没有一只,就只剩这最后一条养生了……又说,这猫也造孽,都卖了两次还在想着自家里头,就可怜可怜它吧……但外公哪里能听得进去!过了不久,龙林铺逢集时他又把那只黄猫逮走了。

龙林铺在邻县境内,离我们这儿足有五十多里。虽然都晓得这回这猫怕是再也回不来了,可外婆还是心存侥幸,天天把喂猫的石钵里注满清水,等它回家。

这一次,却再也没有等到。

我在新疆出生,大部分时间在新疆长大。我所了解的这片土地,是一片绝大部分才刚刚开始承载人的活动的广袤大地。在这里,泥土还不熟悉粮食,道路还不熟悉脚印,水不熟悉井,火不熟悉煤。在这里,我们报不出上溯三代以上的祖先的名字,我们的孩子比远离故土更加远离我们。哪怕再在这里生活一百年,我仍不能说自己是"新疆人"。

——哪怕到了今天,半个多世纪过去了,离家万里,过去的生活被断然切割,我又即将与外婆断然切割。外婆终将携着一世的记忆死去,使我的"故乡"终究变成一处无凭无据的所在。在那里,外婆早已修好的坟窟依山傍水,年复一年地空着,渐渐坍塌;坟前空白的碑石花纹模糊,内部正在悄悄脆裂;老家旧屋久无人住,恐怕已经塌了一间半套……而屋后曾经引来泉水的竹管残迹寂寞地横搁在杂草之中,那泉眼四面围栏的石板早已经塌坏,泉水四处乱淌,荒草丛生。村中旧人过世,年轻人纷纷离家出走。通向家门口的路盖满竹叶,这路通向的木门上,铁锁锈死,屋檐断裂。在这扇门背后,在黑暗的房间里,外婆早年间备下的、漆得乌黑明亮的寿棺早已寂静地朽坏。泥墙上悬挂的纺车挂满蛛丝……再也回不去了!

那个地方,与我唯一的关联似乎只是:我的外婆和我母亲曾经在那里生活过……我不认识任何一条能够通向它的道路,我不认识村中的任何一家邻居。但那仍是我的故乡,那条被外婆无数次提及的大黄猫,如同被从小养大一般,深深怜惜着它。当我得知它在远方迷失,难过得连梦里也在想:这么多年过去,应该往它的石钵里注上清水了!

　　我不是一个没有来历的人,我走到今天,似乎是我的祖先在使用我的双脚走到今天;我不是一个没有根的人,我的基因以我所不能明白的方式清清楚楚地记录着这条血脉延伸的全部过程;我不是没有故乡的人,那一处我从未去过的地方,在我外婆和我母亲的讲述中反复触动我的本能和命运,永远地留住了我。那里每一粒深埋在地底的紫色浆果,每一只夏日午后准时振翅的鸣蝉,比我亲眼见过的还要令我熟悉。

　　我不是虚弱的人,不是短暂的人——哪怕此时立刻死去也不是短暂的人。

　　还有那只猫,它的故事更为漫长。哪怕到了今天,它仍然在回家的路上继续走着。有时被乡间的顽童追赶过一条条陌生的沟渠;有时迷路了,在高高的坡崖上如婴孩一样凄厉厉地惨叫;有时走着走着突然浑身的毛乍起,看到前面路中央盘起的一条花蛇……圆月当空,它找到一处隐蔽的草丛卧下。有时是冬月间的霜风露气,有时是盛夏的瓢泼大雨。

　　总有一天,它绕过堰塘边的青青竹林,突然看到院子空地上那台熟悉的石磨,看到石磨后屋檐下的水缸——流浪的日子全部结束了!它飞快地窜进院子,径直去到自己往日吃食的石钵边,大口大口地痛饮起来。也不管这水是谁为它注入的,不管是谁,在这些年里正如它从不曾忘记过家一样,家从不曾忘记过它。

和一只兔子谈感情

梁小萍

唐果八岁那年春天，从外面抱回了一只兔子。

唐果说同学燕子家的老兔子生了小兔子，就生了一只，燕子妈妈看她喜欢就送了她。女人从唐果的手里接过兔子，轻轻抚摩，说给它取个名字吧。

小兔子灰色、短毛，貌似野兔的模样，唐果随口取名：小野。唐果问女人，兔子能听懂自己的名字吗？女人说你天天唤它，它就记住了。唐果半信半疑看着女人，女人浅浅一笑，说："试试吧！"

于是这个家有爸爸、女人、唐果，又多了一只叫小野的兔子。女人来到这个家两年了，可是唐果一直没有叫女人"妈妈"。反正家里就三人，和谁说话就看着谁，谁自然就明白，这在家里似乎成了一种对话的默契。

唐果的妈妈在唐果三岁那年生病走了，三年后，女人来了。女人好看，对唐果也好，唐果也不排斥女人，可是彼此之间似乎缺少一点感觉，也许是母女之间的那点随意吧。

唐果说没有笼子关兔子，女人说不用笼子，就放在屋里养。唐果看看家里，家里被女人收拾得很干净，淡青色的瓷砖地面被女人擦拭得一尘不染。唐果有点犹豫地把兔子放在地上，兔子怯生生地东张西望，随后开始慢慢跳跃跳跃，再后来在屋里没有顾忌地蹦来蹦去。唐果先是看着兔子跳跃，接着也跟着兔子满屋子疯跑。

唐果上学去，女人就把兔子放在一个大纸箱里，唐果放学了，女人就把兔子放出来。很多个日子的晚上，兔子小野在屋里撒欢，唐果追逐着兔子小野，女人坐在沙发上织毛衣，爸爸看报喝茶。这个家突然多了一只兔子小野，似乎还多了一点什么。

日复一日，兔子小野成了家里呼唤最多的"大人物"。

唐果一放学进家门就唤：小野小野小野。一连串急切的呼唤，小野立马就在纸箱里待不住了，扑棱着迫不及待要跳出来。

爸爸的呼唤总是带着命令式：小野君，你能不能快点。爸爸唤小野，那是爸爸在吃苹果，苹果核留给小野，看得出爸爸越来越喜欢小野，因为苹果核留的果肉越来越多。

女人唤小野总是拉着长音：小野啊小野。小野喜欢吃馒头，尤其是女人自己蒸的玉米面馒头，甜甜腻腻的，带着天然的香味。不仅是小野爱吃，唐果也爱吃女人蒸的玉米面馒头。

女人每次蒸了玉米面馒头，先掰一大半递给唐果，然后坐在小板凳上唤小野。小野听到呼唤跑过来，自然站起，两只前爪搭在女人的膝上，于是女人掰一小块馒头又掰一小块馒头喂小野。

到了秋天，兔子小野已经长成了大兔子，女人织好了唐果的毛衣、爸爸的毛裤，还给兔子小野织了一个毛背心。兔子小野穿了一次就再也不肯穿了，于是女人把毛背心洗干净放入衣柜，和唐果的小衣服放在一堆。

冬天，女人对唐果说，兔子小野长大了，可以做兔妈妈了，愿不愿意让小野做妈妈。唐果说愿意。于是女人找了一只漂亮的白色长毛兔回家，长毛兔在家里待了一段日子又被女人送走了。一个月后，小野生了六只小兔子，刚出生的小兔子粉嘟嘟的，半个月后毛渐渐丰满，一个月后，小野就带着六只小兔子在屋里溜达了。

不久后，唐果有了一个小妹妹，这个家更热闹了。

一个周末，爸爸在屋后的草地上用木板搭了一个窝，并且还用木条围了一个围栏，兔子小野和她的儿女全都住进了里面，但是围栏的门从来没关过，等于是放养小野了。

有天早上，听到一阵又一阵急促的敲门声，打开门，小野在门外。不知道什么时候，小野学会了用前爪挠门，女人就拿馒头喂小野，小野吃饱了在屋里转转就出门跑了。

隔三岔五，小野会来敲门要吃的。唐果很担心，说小野会不会哪一天真成了野兔，不回来了。女人说小野饿了自然就会回来，不回来一定是在外面找到吃的了。

后来，小野很久不见回来，围栏那边也没看见，女人就在院里拉着长音唤：小野啊小野。等了一会儿，小野回来了，跑得飞快，可是怎么看都像走了远路，一副风尘仆仆的模样。

再后来,小野不再回来,女人也不再呼唤,女人说小野一定有自己的家了。

这些事情,唐果当时并不知道,那时候唐果已经上了大学住了校,这都是假期回家听说的。唐果想对女人说,也许小野死了,书上说兔子的寿命只有五到九年,可是话到嘴边,唐果没有说出口。

如今,每到周末,唐果都会带着儿子回家蹭饭。爸爸依旧看报喝茶,妹妹上了大学。唐果的儿子才三岁,没人玩就黏唐果,唐果一烦就嚷:"找你姥姥去。"于是小不点屁颠屁颠跑去找女人,女人坐在小板凳上,小不点两只胖胖的小手搭在女人的膝上,女人拿着刚蒸好的玉米面馒头,掰一小块馒头又掰一小块馒头喂小外孙。

唐果看着这一幕,突然想起了很久很久以前,那只叫小野的兔子。

龟兔紧紧地抱在一起

戴　希

　　龟兔赛跑。当兔子飞快地跑过终点,乌龟还在离起点很近的地方缓缓爬行。第一次,兔子赢了,乌龟输了。兔子洋洋得意,乌龟心情沉重。

　　第二次赛跑。乌龟使出浑身解数,争分夺秒向前爬行。兔子呢,不费吹灰之力就跑到了离终点很近的一棵大树下。一看乌龟离自己还差十万八千里,兔子索性背靠那棵大树呼呼入睡。一觉醒来,乌龟已神不知鬼不觉爬过了终点。这一次,乌龟赢了,兔子输了。乌龟欣喜若狂,兔子懊悔不已。

　　前面的故事家喻户晓,后面的故事就鲜为人知了。

　　兔子不服,要求再比。大赛组委会采纳了兔子的建议。

　　比赛开始。兔子表现得优雅大度:每跑一段都停下来等乌龟,等乌龟快赶上来了又起身再跑。乌龟爬得气喘吁吁,丝毫不敢怠慢。兔子却跑跑停停、停停跑跑,悠然自得。兔子吸取上次的教训,决不躺在半途呼呼大睡。直到跑过了终点,才在终点坐下来等乌龟。这第三次,兔子又赢了,乌龟又输了。

　　"还不服吗?"兔子嘲笑乌龟。"不服!"乌龟眼珠一转,"谁都知道,在陆地上跑,那是我的短处你的长处;而在水面上跑,则是你的短处我的长处。这赛跑仅在陆地上比,那分明是只拿你的长处比我的短处。如此,公平吗?""那你想怎样?"兔子警惕起来,"你想在水面上赛?""如果仅在水面上赛,那又是只拿我的长处比你的短处,也不公平!"乌龟不慌不忙,"一半陆路一半水路,咱俩同时起跑,谁先从起点到达终点谁赢。这才公平,你看呢?"兔子不语。大赛组委会觉得乌龟的建议很在理,采纳了。

　　比赛开始。兔子又箭一般向目的地飞跑。可跑完陆路跑到水边,兔子傻眼了:下水吗? 自己不死才怪! 乌龟呢,慢条斯理地爬呵爬,爬了好半天爬到水边。一下水,又马不停蹄、自由舒展地向对岸游去。乌龟游上岸到达终点时,兔子仍在半途发呆。这第四次,乌龟赢了,兔子输了。乌龟乐开了花,兔子沮丧不已。

从此,兔子恨死了乌龟,遇见乌龟就绕道而行或者怒目而视。

乌龟忐忑不安,要求再赛一次。"这样比,我怎么跑也赢不了。大坏蛋呵大坏蛋,你是存心想让我难堪,要把我气倒!"兔子咬牙切齿,连连摇头。乌龟赶紧和善地笑笑,友好地把兔子拉到身旁,悄悄地对兔子耳语了一阵。兔子心里一亮,点头。大赛组委会也同意了乌龟的请求。

比赛开始。只见乌龟大摇大摆地爬到了兔子的背上,兔子驮起乌龟就向目的地跑去。跑完陆路跑到水边,乌龟从兔子的背上爬下。然后,兔子大模大样地跳到乌龟的背上,乌龟再下水,驮起兔子又向终点游动。最后,乌龟硬是把兔子驮上了岸,它们同时到达了目的地。大赛组委会看痴了。这第五次,只好裁定兔子和乌龟:双赢!

兔子和乌龟都笑了,它们紧紧地抱在了一起……

黑　狼

易·凡

　　那年,我从深山老林里捡回一只濒临死亡的狼崽。

　　来检查工作的公社林业员劝我别学东郭先生。其实我想当东郭先生但不够资格。东郭先生毕竟是文化人,而我之所以在这蛮荒、孤寂的林区当护林人,是因为我也是一只被同类遗弃的"狼崽"。

　　在艰难的日子里,我与狼崽相依为命。

　　那年冬天,百年未遇的大雪封了山,冰天雪地,整个世界一片惨白。山外人进不来,山里人出不去。不久,粮食吃完了,几乎能吃的东西都被我和狼崽吃完了。狼崽蜷缩在火塘旁饿得嗷嗷直叫。我忍不住把最后的一个红苕从火塘里扒拉出来,捧着闻着好香好香,这个红苕恐怕要算世界上最香最好吃最诱人的食物了。烧红苕慢慢凉了,狼崽直直地盯着它。我毅然将烧红苕丢给了狼崽,狼崽一跃而起稳稳咬住,当狼崽正该大口吞咽的时候,却不声不响地将烧红苕放到我脚下。我一下把狼崽紧紧抱进怀里,一股暖流涌遍我的全身。狼崽灵性、懂情。最后,我和狼崽将这个红苕一小块一小块地全部分而食之。能吃的东西彻底完了。我悲哀地在火塘边睡着了。当我醒来,见一只肥美的野兔摆在面前。此时的狼崽十分得意,围着我又叫又跳……那个残酷的冬天,靠了狼崽猎物才得以度过。

　　半年光景,狼崽就出脱成一只高大威猛、油黑闪亮的黑狼。它的眼睛清亮照人,眼底却深藏杀机。它那对尖而大的耳朵高高耸立,警惕地捕捉点滴的伐木声。有了黑狼,我懒散多了,常常是黑狼代我独自出巡。黑狼的身影在林中神秘闪现,吓退了疯狂的盗木者,打击了他们的嚣张气焰。我更放松了警惕。

　　一天傍晚,我在棚子里煮饭,棚子边上就是一条通往密林区的必经之路。忽然外面有奇异声响，我出门去看，刚踏出棚子，就遭到一阵乱棒袭击，将我击昏在地。

当我醒来，就听见棚子外面黑狼的怒吼和一片凶猛的狗叫声。原来是两个曾经被捉获过的盗木者，今天寻仇来了。

两个盗木者相互搀扶着，看样子是在与黑狼来解救我的搏斗中受了伤。这时，他俩唆使十多条剽悍、凶猛的猎狗，将黑狼团团围住。黑狼站在一块大石包上，傲视着猎狗们，嘴里时而发出低沉的怒吼。晚霞烧红了天边，那灿烂瑰丽的余晖恰到好处地勾画出黑狼的剪影，悲壮而苍凉。我的心颤栗不已，我为黑狼担忧。

剪影里，黑狼的眼睛放射着莹莹绿光。猎狗们在盗木者狂喊乱叫的唆使下，缩小包围圈，开始向黑狼发起了进攻。

我忍不住放声大喊："黑狼，咬死它们!"

只见黑狼浑身一震，仰天长啸一声，纵身跃下大石包，朝猎狗们扑去。

一场生死搏杀之后，盗木者丢下三具猎狗的尸体，带着受伤的猎狗们逃之夭夭了。黑狼也身负重伤，浑身汩汩涌血，我用珍藏的白药给黑狼止血，又按林业员指点的草药和方法给它疗伤。

我和黑狼的事迹广为流传。我受到了公社和县林业局的表扬，黑狼也名声大振。接着就不断有人来出高价要买黑狼，我都毫不客气地请他们一一滚蛋。

这天，林业员把公安员带到我的棚子里，说要借用一下黑狼，是为了破一桩杀人疑案，并强调说借黑狼是公社书记和公安局的意思。

人命关天，且有强大压力，不借不行。黑狼不走，我就带着黑狼随公安员同往。案子很快破了。黑狼立了大功，它帮助公安人员找到了真正的杀人凶手。

一个曾经驯养过警犬的老公安说黑狼是一条优秀的狼狗。优秀的狼狗具有纯正的血统并必须受过严格的专门训练。奇怪的是黑狼出自深山，来路不明，没受过专门训练，却有优秀狼狗的本领，真不可思议。

公安局执意要将黑狼留下，我坚决不肯。公安局找来公社书记、公安员、林业员以及与我友好的人做我的工作，并许以重金，我都坚决回绝了。

最终，我妥协了。我接受了一个上大学的指标。我走了，走得匆忙，走得偷偷摸摸。

几年后，生活当中我倍感人情淡薄，世态炎凉，就更加怀念黑狼，决定要走一趟。

我请了假,并筹了一大笔钱,长途奔波到了县公安局要用这一大笔钱换回我的黑狼。

那个老公安遗憾地告诉我:黑狼已经死了。说自从我走后,黑狼不吃不喝,厨师专门给黑狼炒了好些香喷喷的肉菜,黑狼看都不看一眼,不吃不喝,静卧地上,两眼直淌泪水……公安局的同志念黑狼有功,就将黑狼的尸体安葬在林区我和黑狼曾经住过的棚子旁。

我含着泪水匆忙赶往黑狼的坟地,并用重金请石匠打凿了一块大理石墓碑。凡到密林区去的人都会看到墓碑上"黑狼之墓"的醒目大字,都情不自禁地要探寻一番关于黑狼的故事……

黑　猫

远　山

我们家的厨房里出现了一只黑猫。

第一次当然是妈妈发现的,妈妈一大早进厨房的时候,黑猫几乎是贴着妈妈的身子箭一般射到外面,很快就消失得无影无踪。妈妈只是来得及看清楚它的颜色,而对它别的特征则一无所知。很显然,黑猫不是我们家的,我们家根本就没有养过猫。这跟妈妈对猫的看法有关。妈妈说,狗是忠臣,猫是奸臣。所以,我们家从来都没有养过猫。左邻右舍倒是有那么一两只猫,但也没有黑色的。后来,我大哥还在村子里做过一番调查,证明村子里确实没有一户人家养有黑颜色的猫。于是,妈妈得出了结论,这是一只野猫。

从那以后,黑猫成了我们家的常客。厨房里的东西,不是今天少了这,就是明天丢了那。

那时候,大哥已经十六七岁,成了家里的一个小男子汉。面对黑猫的猖狂进攻,大哥决定进行坚决的还击。厨房的门短了一截。这扇门本来不是厨房的门,而是一间放杂物的仓库的门,盖厨房的时候没有门,就把仓库的门拆下来安到厨房里,于是厨房里的门就短了一截。大哥找了一块木板,钉到了厨房的门下边,这样,厨房关上门的时候就严丝合缝了。大哥钉好木板之后,用非常有成就感的口气说:"好了,问题解决了。"为了证明问题确实解决了,大哥甚至故意把头天晚上吃剩下的一条小鱼放到锅台上。

但是,当天夜里,黑猫照样光顾我们家的厨房,并且毫不客气地把大哥给它留的小鱼吃得干干净净。

那时候,二哥也已经十四五岁,也是一个准男子汉了。二哥无情地嘲笑了大哥,搞得大哥很没有面子。大哥气急败坏地说:"你有本事,你能治住它?"二哥胸有成竹地说:"我要能逮住它,你怎么办?"大哥被逼上梁山了,口不择言地说:"你要是能逮住它,我管你叫大哥!"

二哥的办法是"钓"。当然,这是事后大家才知道的。当时,二哥神秘得很,谁也不让进厨房,只是说,逮住了再让大家进去看。二哥把一个钓鱼的钩藏在一条小鱼的肚子里,企图像钓鱼那样钓住黑猫。二哥同样遭到了惨重的失败。小鱼被黑猫吃得一干二净,而钓钩则完好无损地留在了锅台上。大哥看到二哥的失败,笑得眼泪都出来了。

最后,大哥二哥决定联合起来共同对付黑猫。他们分析,门是没问题了,关键是窗户。厨房的窗户是格子窗,每个格子都有拳头大小,足可以让一只猫自由地钻进钻出。他们的办法是,熬上一夜不睡,一直守在那里,单等着黑猫进去。然后,由二哥用一块纸板堵上窗户,而大哥则破门而入。破门而入的同时,拉开电灯用木棒猛击黑猫,将其置之死地而后快。

黑猫确实是由窗户钻进厨房的。二哥等黑猫钻进去之后,迅速地用硬纸板堵上了窗户。大哥也破门而入了,拉亮电灯了,正准备用木棒痛击黑猫,黑猫却沿着一根顶梁的柱子快速地爬到屋上的墙洞那里,并且从墙洞那里钻了出去。原来,我们家厨房的山墙有点朝外倾斜,就用一根柱子顶住了房脊的檩条,而正是这根木柱成了黑猫的逃生之路。大哥二哥懊悔得什么似的。

更好的整治黑猫的办法正在策划之中。

一天早晨,妈妈刚刚起床,还没来得及进厨房,就见一只黑猫轻手轻脚地来到妈妈身边。黑猫弓着脊梁,反复地用身体摩挲妈妈的裤脚,同时,嘴里喵喵地叫着,仿佛在向妈妈请求帮助一样。这令妈妈非常奇怪。这是那只黑猫吗?如果是的,它往日的敏捷、凌厉,还有桀骜不驯,都跑到哪里去了呢?如果不是,难道又跑出来了一只黑猫吗?

更令人稀奇的是,黑猫不仅变得无比地温柔,无比地缠绵,还用眼睛示意妈妈跟它走。妈妈就跟着它往前走,一直走进厨房,在厨房的柴堆下发现了一窝刚刚生下的小猫崽儿。妈妈数了数,一、二、三、四、五,一共五个,和我们家的孩子一样多。妈妈很快跑进堂屋,把我们所有的人统统喊醒,把黑猫生下五个小猫崽儿的事告诉了大家。

那以后的许多天里,欢乐充满了我们家。也从那以后,猫成了我们家的永久居民。

而妈妈的话则让我记了一辈子。妈妈说,黑猫变化这样大,是因为它当了妈妈的缘故。

绝　唱

符浩勇

天蒙蒙亮的时候，他已在大漠的荒滩里跋涉了整整一夜。

他蠕动着苦涩僵硬的舌头，舔了舔嘴唇上叠透的干血泡，面对远方一望无际的沙梁，不由回望一眼身后伴随的追敌——晨雾里闪着两点绿光的饥饿的野狼，心里又掠过一阵恐惧和绝望。

他是昨天下响为了拍摄到沙漠上的绿洲，离开了驼铃队，深入到荒滩深处的。当黄昏降临的时候，沙梁上传来一声凄凉血性的狼嚎声，他回首寻望，蓦然发现了暮色里浮动着两点闪亮的寒光，倏地，疲惫夹带饥饿一同向他袭来……

整整一夜，他别无选择，慌惶地在大漠里奋力向前走。途中，他为补充体力，备带的干粮吃完了，水壶里水喝干了，肩上却压着沉沉的摄影机和行囊背包。但他不忍心将拍到海市蜃楼般的别致风景一掷了之，那可是他艺术生命的价值所在。然而，野狼显然盯上他了，将他看成大漠里唯一补充营养的佳肴，他只好拼力地在沙漠里走着。他心里明白，在荒滩里，缺水是最大的灾难，野狼同他较量的是毅力和意志，自己若是稍有松懈，在沙梁上倒下，野狼就会冲上前，挥舞双爪，将他撕成碎条，充饥解渴，而他拍摄的荒漠上的别致风景将化为乌有。

他回望野狼时，明显发现野狼在浑身抽搐，脊梁的骨节更加突起，干瘪的肚皮贴在沙土上，喘气声越来越粗重，他们之间的距离越拉越长……渐渐地，野狼举步维艰，停下来了。他心里不由掠过一阵狂喜，野狼终于撑不上自己了。稍刻，又听到野狼嚎叫一声，转头调向，灰溜溜地往回逃窜。他不由挺直身躯，英雄般地傲立在沙梁上，似乎嘲笑野狼意志的崩溃瓦解。

当野狼的背影逃遁远去，他又一下子瘫倒在沙梁上。他该往哪里走？

何方才能寻到驼铃队？哪里才有水源？严重的缺水，已使他鼻孔出血，七窍冒烟，四肢乏力。忽而，他转念回想，猝然想到，野狼的转向莫非预告着前方是一条通向大漠腹地的死亡之路，于是，他意识到只有重新振作，尾随野狼，或许才有可能离开大漠，找到驼队，使别致风景焕发艺术之光。

他重新挺起疲惫的身躯，沿着野狼逃遁的方向赶去。为了避免刺激野狼，他既不能尾随太近，那样会惊扰它，当然又不能太远，如果稍有松懈，就会迷失跋涉的方向。

芨芨草是大漠里跋涉者的救命圣草，沙梁坎下，野狼过处，芨芨草已被啃尽；他随踪而来，只好刨出草茎，细嚼取湿。野狼困乏了，停下来回头对峙地盯着他；他也停靠下身，机警地准备应对野狼的反扑。有多少回，狼跑他奔，狼歇他停。有许几阵子，狼的双腿摇摆踉跄，迷迷茫茫地迈步，他就像虚脱一般神情恍惚，晕晕蒙蒙地跟着……

狼撵人整整一夜，人追狼足足一天，又是日头西斜的时分，终于，沙梁坎下出现了一片罕见的沙洲——那是内陆河被沙漠侵袭仅存的一汪清水。

野狼仿佛忘却了疲惫，奋着四蹄奔过去。

他喜出望外，狠狠地咬了一下血唇，忽而，一阵熟悉的驼铃声响过，昨天同行的地质勘探队出现在前方。他顿感泪水漾出眼眶，蒙眬中，他看见两名地质队员正端枪向着饮水的野狼瞄准，他声嘶力竭地喊："别打它，没有它，我走不出荒漠，是它救了我的命……"

声落枪响，野狼猝然倒在甘泉一般的水边，枯瘦的四肢也懒得一动。

他一个踉跄，向前一个滚翻，昏了过去。

盲鳗的盛宴

荒 城

在百慕大海域,一群长相诡异的水族动物从深藏在海底的洞穴中离开,沿南美洲绵亘的海岸线向南游去。

这群异类没有眼睛,却有数对灵敏的触须;没有上下颌,只有一张吸盘状的大嘴。总之,它们见到任何活物都尽量远远躲开,祖祖辈辈过着为鱼类所不齿的生活。它们是弱势群体,它们叫作盲鳗。

在巴西近海,它们幸运地碰到一艘渔船,拖网里硕果累累,正在返回的途中。盲鳗们喜不自禁,这正是趁火打劫的好时机。它们迅速挤进网中,那里有很多垂死挣扎的鳕鱼,它们在拼尽全力地挣扎,试图逃离这张大网的束缚,但是看来一切都是徒劳。盲鳗不急不躁,它们那小巧的身体在行动不便的鳕鱼中间穿行真是易如反掌。

一天以后,鳕鱼在惊恐和挣扎中耗尽了体力,早已奄奄一息,以逸待劳的盲鳗迅速靠近,从鳕鱼的口中钻进去,直达体内,在那里大快朵颐。它们从鳕鱼的内脏开始咬噬,然后是皮肉,很快就将它吃得只剩一副皮囊,然后又向另一条垂死的食物发动攻击。

当它们的触须感觉到海水水温发生变化时,知道渔船即将进港,那便是到了该撤离战场的时候了,尽管这里还有大量的美味,但是,性命要紧。

数天以后,盲鳗们已经身处赤道水域,那里的海底生物达到空前的繁荣,只要愿意,许多鱼类都可以将渺小的盲鳗咬个半死。但是它们知道,也就是在这样的所在,有许多大买卖正在等着它们。

这一次,它们碰到了海中霸王,鲨鱼。作为最凶猛的鱼类,鲨鱼在海底世界所向披靡,游弋所及,其他种群无不闻风丧胆,落荒而逃。霸王的权威是不容挑战的,那些无论在体格上,还是在气势上,或者仅仅在牙齿上都无法与其匹敌的其他鱼类,都只有俯首称臣的份儿。

盲鳗没有足够的尖端武器来捕猎如此一位占有绝对统治地位的暴君,不过幸好,它们有无穷的耐性和高端的智谋。

盲鳗悄悄靠近鲨鱼,用吸盘似的嘴吸附在鲨鱼身上,此举并没有引起对手的注意,说不定它们还以为盲鳗的吸附举动只是一种低俗的谄媚罢了,如此紧密而持久的亲吻还能有别的解释吗?对于习惯于君临天下的鲨鱼来说,它当然理解不了这小小的依附者竟然会笑里藏刀。如此,盲鳗紧紧吸附在鲨鱼身上,随它四处游弋,而自己却空着肚子。四天时间已过,它已经完全获得了鲨鱼的信任,这真是一个瞒天过海的行家里手!"我不过是狐假虎威,顶多希望您分一杯残羹剩饭给我罢了!"它一直在努力给敌人传达这样一种信息。的确,从来没有哪一种鱼类敢对鲨鱼发动攻击,如果有的话,那么它们早已作古。

盲鳗一点点向霸王的腮边滑动。"我只是想更进一步地膜拜而已,当然,如果您介意,我可以离您远点。"盲鳗这么说道。而事实上,它已经不知不觉地滑到了鲨鱼的腮边,随着巨鳃的一次张合,盲鳗抓紧时机暗度陈仓,毫不犹豫地窜进了敌人的口腔。鲨鱼终于感觉到了不妥,张大了嘴,疯狂地吞吐着海水,企图让它离开自己的口腔,但是除了海水、杂物和一些别的鱼类趁机侥幸逃生之外,哪里还有盲鳗的影子?它们早已紧紧地吸附在鲨鱼口腔的内侧,静待杀机。

盲鳗的耐性无穷无尽,它只是吸附在那里,不食也不动,保持肃静。这种无所作为的方式完全消解了鲨鱼的反抗,它渐渐趋于平静,不再为入侵者心烦意乱。这时候,盲鳗就悄悄地向鲨鱼的口腔深处转移,每走一步,它都小心翼翼,谨小慎微。这期间,尽管它已经饥肠辘辘,而可口的饭菜就在眼前,可它却丝毫不为所动。欲擒故纵是它惯用的招式,盲鳗知道,如果此时激怒了鲨鱼,它还是可能会被剧烈吞吐的海水赶出食堂,前功尽弃可不是它们的风格。

不知不觉间,盲鳗已经游进了鲨鱼的腹内,此时,它成了霸王名副其实的"心腹大患",它那隐藏在吸盘内的锐利的牙齿发挥了作用,开始大举蚕食鲨鱼的内脏。盲鳗一边进食,一边排泄,这种釜底抽薪的攻击方式使鲨鱼痛苦不堪,可是任它在水中翻腾跳跃都无济于事,这已经改变不了战事的结局。要不了几天,胃口大开的盲鳗已经吃光了鲨鱼的内脏。暗算成功的弱小族群躲在鲨鱼那随波逐流的尸体里面,小憩片刻,然后从它的肌肉开始,将尸体吃个精光，仅剩一副骨架，然后迅速逃之夭夭。走为上策——它还要防范随时可能出现的新的敌人，以及它们的追随者。

　　光天化日之下，小鱼吃大鱼的故事天天都在上演，也许弱小者的四肢并不发达，可是它们一旦学会了兵法，那将无比强大。

死亡的姿势

荒 城

当时我在一家出版单位供职,我的小说里有一个重要的情节,是描写狼王垂死的细节。虽然出于兴趣,我已经跟野外的多种动物打过交道,但是狼王垂死的场面我却从未见过,因此靠着自己的想象写过多次,主编均不满意。我把自己的苦恼说给好朋友班,班是斯洛文尼亚肯特尔动物园的驯兽师,很快,他为我想了个好办法。

班领着我来到动物园,带我看两匹单独关押的老狼。这是两只森林狼,显得老态龙钟,公狼叫哈奇,母狼叫达尔,它们已经二十岁了。按动物园的规矩,它们到了这个年龄就必须被淘汰。这两只老狼在被捕获前曾犯下滔天罪行,它们咬死了村里的两个孩子及数量众多的家畜,因此被诱捕后送到了动物园。也因为它们伤过人命,按照当地的习俗,它们垂老之后必须被人类处死。

班跟动物园方面商量,反正它们也将被处死,不如卖给我,让我以自己的方式杀掉它们。一样的结果,动物园还可以得到一笔酬金,园方欣然同意。

我们找人把两只狼引入一只普通铁笼,然后搬运到靠近阿尔卑斯山的一块四周有灌木丛环绕的草地中,停止喂食,以便观察到它们走向死亡的真实镜头。

两天后,两只狼因饥渴难耐而频繁撞击着铁笼,它们耳朵竖立,双唇卷起,露出牙齿,并发出凄厉的嘶吼。这是真正的狼嚎,尽管它们已经显得有气无力,可是这叫声依然叫从附近赶来凑热闹的狗儿们迅速逃之夭夭。见撞击笼子无果,它们就趴在粗大的铁栅栏上紧盯着赶来观看的每一个人,它们期待着水和食物,但见来人双手空空如也,眼睛里便一次次生出怨恨阴毒的光。

　　我问老狼何时能倒下，班说总要三天以后吧。他还说狼比老虎还厉害，看这铁笼的底板足有一寸厚，那可是钢板啊，如果是木板，它们一夜之间就会咬穿，挖地洞逃掉。看，铁笼四周的青草都吃光了，那是它们为了解渴而伸出尖嘴舔嚼的，你知道，要是在平时，它们对素菜毫无兴趣。还有，如果别的动物被猎人的铁夹子夹住了腿，它们只会痛苦地号叫，无谓地挣扎，但狼竟会咬断自己的腿后逃走，有的会因流血过多而死，有些则瘸腿而生，想想看，咬断自己的腿，该要多大勇气？

　　第三天，没有吃喝的两匹老狼已经趴下，耳朵耷拉、眼睛闭上、肌肉松弛、气息奄奄，对四周的动静毫无反应。我伸出小木棒，轻轻拨弄公狼哈奇的头，它睁开了右眼，即便是一只眼睛，眼光中射出的却是缕缕凶光。班告诉我它仍然残存着复仇的欲望，于是我们决定再等一等。

　　第四天傍晚，我来到笼子旁边，把木棒探进去击打它们的全身，两匹老狼毫无反应，显然已经气若游丝。机不可失，我详细记录下来它们各自垂死的神态，但是还想拍几张照片回去，于是我们撤去笼子，架好相机。两匹老狼趴在草地上一动不动，班给狼嘴里灌了些水，为它们增加点活力，免得让我的照片看上去死气沉沉。这水真是救命良药，公狼哈奇睁开了眼睛，闪出绿幽幽的光，并屡次试图站起来。母狼达尔也睁开了眼睛，把目光投向哈奇。它们似乎从彼此的目光中读出了狼国的全部情感，深情地对视着，却发不出一点声息，只是缓缓地伸出前爪。达尔抬起尖尖的嘴，枕在哈奇的腿上。哈奇用嘴触碰了碰达尔的脸颊，一会儿，两只脑袋垂在了地上，慢慢闭上眼睛。

　　第五天早上，我完成了自己的使命，打算离开这个地方，我想去看它们最后一眼，顺便找几个人把它们的尸体掩埋掉。当我来到草地中央时，不由得目瞪口呆——老公狼哈奇不见了，草地上根本不见它的尸体，只有一只狼头和些许皮毛，班检查以后断定是达尔的。班说：在狼的国度，它们不吃同类的活体，但是同类死亡后，却是可以吃掉的，这不仅是为了绵延种族和生存竞争的需要，也是祖先留下的遗传。我们推测，一定是昨晚我们撤离后，草地上万籁俱寂，受尽磨难的公狼哈奇渐渐醒了过来，它还有一丝残存的生命，它发现达尔已经死亡，于是吃掉它的尸体，恢复了一些体力之后，逃进了北边足有数平方公里的玛科斯蒂山森林。

　　一只愤怒的公狼躲在森林中，这是一件了不得的大事！当地的治安部门立即调集森林警察、猎户,乃至消防队伍,团团包围玛科斯蒂山,进行拉网式搜查。包围圈越收越小,逃出的老公狼哈奇东奔西跑,它本想逃向北边更大的森林,要是到了那儿,人们就休想再找到它,但是一条东西走向的河流挡住了它的去路。它只好掉头,不久就被猎犬发现。

逃生无望,哈奇只好在众目睽睽之下,跳进了一口直径达两米的竖井式山洞。人们围着洞口,里面深不可测。在确定了山洞没有别的出口,并且哈奇绝对不可能自己爬出来以后,警官铁木辛哥往洞中丢下两个手雷,随着两声沉闷的爆炸声,这场无奈的闹剧终于收场。

我把自己观察到的一切写进了我的小说中,效果很好,但是我怎么也忘不掉那头公狼。半个月以后,我接到了班的电话:"我想,你有必要来看一下,琼!"我到了那里,原来,班也忘不了那头老公狼,他想了很多办法,最后索降到山洞里面。洞底异常宽阔,里面白骨累累,那是失足坠入的其他动物留下的,在那些骨架的上面,正是老公狼哈奇的尸体。它的后腿已经断了,但是两只前腿依然倔犟地挺立着,头颅高高地扬起,看着洞口的方向。

我们发现洞内有一条凹槽,一定是求生的本能使它将脑袋和腹部紧紧地贴了进去,只是被手雷炸断了露在外面的后腿和尾巴,没有当场死去。但是它再也无法突围,生命的大限终究来到,只是,它至死也不肯倒下,而是靠两条前腿支撑起身体,仰望着头顶自由的天空!

我再也无法忍受眼前的一切,瞧瞧,我都做了些什么?我们不但杀死了它,还试图羞辱它,这样的罪过,我一生也无法洗刷……安息吧!哈奇,达尔,原谅我……

鼠 斗

申 剑

英勇鼠自从当上鼠王，很是壮怀激烈了几天。可他很快就高兴不起来了，甚至还有些郁闷。原因自然是猫王。鼠的心事只能是猫啊。

猫王亲手扶持鼠王，可他并不打算让鼠王像自己一样找到王的感觉。他命令猫群依然对鼠群实施剿灭政策，见一只杀一只，见两只杀一双。反正鼠类的繁殖能力超强，斩不尽，杀不绝。如此既能讨得粮库总管的欢心，又能增加猫群的凝聚力，一杀多爽啊。

鼠王愤怒了，愤怒之余深感悲凉：想当初，要不是自己舍命相助，猫王又怎能坐稳那个王位呢。鼠王连续几天召开紧急会议，商讨对策，寻求出路，群鼠吱吱喳喳，绞尽脑汁，可始终没有什么有价值的良方。

鼠王长叹，千军易得，谋士难求，难道天要灭我吗？

非也，鼠王。一只老得褪尽了毛的仓鼠答道。仓鼠说，鼠王啊，天生鼠，又生猫，猫鼠相克，也相生。若鼠类灭绝，人类又怎能容得下猫？你只要把人类的本事学会一二，区区一个猫王，还怕对付不了？

鼠王大喜，忙叫手下端来两盅刚从总管屋里盗得的香油连并几只鸡蛋一同赐给这只老仓鼠。次日，鼠王挑选手下十只胆大的公鼠拜见猫王（胆小的一见猫就哆嗦、昏厥，甚至脑出血）。鼠王献上肥鸡、鲜兔各两只，喵台酒两盅，蚱蜢十串，还极为悲壮地呈上了一窝刚出生的鼠崽儿。

猫王胡须轻颤，冷冷地盯着鼠王。

鼠王慌了，赶紧掏出一只薄薄的小刀献上。他说，猫王啊，为了防止人类"二桃杀三士"的悲剧重演，请用这把刀把鸡和兔分了吧。

猫王一惊，心想，这货长本事了。

猫王说，鸡、兔虽美，鸡蛋也不错嘛，还有，听说总管屋里的香油也好美味哦。

鼠王不由打了两个寒战,他知道身边出奸细了。当猫王那冷森森的蓝色目光压过来,他再也承受不住,一下子跌倒在地,昏过去了。

鼠王醒来,他发现自己居然是躺在猫王的豪华大榻上,而猫王,正在给他把脉呢。鼠王一骨碌爬起来,跪倒在猫王脚下痛哭流涕。猫王想了想,一把搂过鼠王也放声大哭。

猫王抽泣着说,当王太难了,可上了这个道儿,不当不成呀。兄弟,你把那窝鼠崽儿带回去好好抚养吧,心意我领了。我不能吃了你的孩子。我要吃掉那只老仓鼠,你应不应?

鼠王迟疑道,亲爱的大王,他无罪呀。

猫王说,无罪?你看看前几任粮库总管,是怎么被粮道总督杀掉的?说他有罪就有罪。你不是封他当了大谋士吗?这是越制!够杀了吧?还有,他挑拨猫鼠关系,破坏发展大局……够了!

鼠王说,亲爱的大王,我不忍心……

猫王喝道,不忍心?那你怎么当王?

当老仓鼠被绑在行刑柱上时,猫王屈尊来到鼠宫,刹那间,群鼠昏倒一片,有几只胆小的,甚至当场死于脑出血。

老仓鼠大骂鼠王,你这个下流东西,你比人类还要卑鄙无耻,天灭吾鼠呀!

猫王示意,鼠王无奈,上前一口咬死了老仓鼠。猫王冷笑着剥下了老仓鼠的皮,扔给鼠王,说,兄弟,你用这个当被子。人类不是有一套"镜子学说"吗,你就以皮为镜吧。还有,以后不准再去总管屋里偷东西,那是我失职,知道吗?唉,各让一步吧。你在你的嫡系、爱妃、子孙身上做个标记,我会让猫群关照的。

鼠王不敢不盖着那张血淋淋的"被子"睡觉,他怕奸细报告猫王。很快,由于严重失眠加之噩梦不断,鼠王患了抑郁症。患了抑郁症的鼠和人一样,都很厌世想轻生。鼠王就想,反正生无所欢,我干脆率鼠群把粮仓点上一把火,与猫同归于尽算了。

鼠王开始为此做准备。猫王很快知道了。猫王脸上没有愤怒,当王当久了,他的心事不再挂在脸上。他溜到总管屋里,偷了二两喵台酒喝,好酒解心事呀。猫王次日率左次王(刚封的)扁脸猫潜入医院。一切大功告成。

就在鼠王欲点燃汽油时,猫王和扁脸猫从天而降。鼠王立刻被奸细控制。猫王久久无语,末了,一声悲鸣,群鼠胆战心惊。猫王说,我每日三省吾身,除了心太软,我没有别的毛病啊。你们都看到了,鼠王如此糊涂,完全是没有贤士辅佐所致呀。我,给你们带来了贤良的谋士。

扁脸猫上前,把手中的一只大白鼠放在鼠王面前。大白鼠的手中高举着一根灵芝。大白鼠尖声说,兄弟姐妹们,猫王专门去医院给鼠王取来灵芝,他的病会好的。而我,是猫王给你们请来的谋士,我会给你们带来新思想新理念的。让我们齐声为仁慈的猫王献上祝福吧。

大白鼠跳上汽油桶,领着群鼠共唱《猫王无敌》歌。猫王摇摇尾巴作为示意,之后和扁脸猫在吱吱的歌声中走了。

扁脸猫问,大王,为何不咬死鼠王?

猫王的蓝眼睛在月光下晶莹澄澈如宝石,他"喵"地一笑,说,左次王,你该读点书了。

做 王

申 剑

智斗狸猫，勇挫三花猫，挑战波斯猫，生擒折耳猫。可谓过五关，胜六将，纯黑大猫狄戈斯，一路势如破竹，终于荣登粮库猫王的宝座。从此之后，他辖方圆十八里，统麾下八十九只猫。他的本名狄戈斯渐被遗忘，他的正式称呼为猫王。

称王典礼上，群猫挨个献礼，麻雀、鱼虾摆了一桌，有两个千娇百媚的女猫干脆将温软的身体献给了他。但是粮库鼠王没来，猫王心如明镜，这都是上一任猫王捣的鬼。猫王耸着胡须冷笑，他说：从此之后，你们每只猫每天必须咬死十只鼠，可以吃掉两只，吃不完的给我摆在粮仓总管的门口，让他看看。另外，要把鼠群里最英勇的公鼠和最漂亮的母鼠抓来，要生擒。谁最先抓到，本猫王有重奖，至于奖品嘛……

猫王指指身旁两只刚伺候过自己的漂亮女猫。群猫摩拳擦掌，呼啸而散。猫王大笑着搂过两只女猫，开始享用大餐。

三天后，英勇鼠和漂亮女鼠被花狸猫捕到，果真毫发无损。猫王把两只漂亮女猫一并赏给花狸猫，花狸猫感动得热泪盈眶。猫王亲切地拍着花狸猫说，好好干，我不会亏待你的。

英勇鼠果真英勇，面对群猫的尖齿和利爪宁死不屈。猫王只说了两句话。猫王说，这只最漂亮的女鼠从此是你的了；还有，只要合作愉快，鼠王由你来做。英勇鼠迟疑片刻，扑通跪下。猫王皱皱眉头，亲自扶起英勇鼠，拍着他的脑袋问，鼠王如此猖狂，背后谁在撑腰？

英勇鼠回答，是您的前任，他率领布偶猫和扁脸猫与鼠王联手，想把您撵下台……

霎时间，泪水如河，从猫王的蓝色大眼睛里滚滚而下，他哽咽道，我心性淡泊，本不想当王。可老猫王太为所欲为，让粮仓总管极为不满，长此下去，猫群会亡呵！我还不是为了猫群的生存和发展，才咬牙坐了这个烫手的王位……

群猫大恸，整个粮仓哭声一片。猫王摆摆手，说，同类相残，我所不愿呵。英勇鼠，你回去私下告诉布偶猫和扁脸猫，说我想他们，让他们回来吧，我会给他们各自升两级职位的。

猫王忍痛揪下两根胡须，作为信物让英勇鼠带回。当夜，布偶猫和扁脸猫悄悄潜回粮仓，密晤猫王，猫王设龙虾大宴款待，当场给他们升职。一场大战开始了。

在鼠百倍于猫的情况下，猫王坚持让有孕的女猫和未成年幼猫留下，不得参战。他说，如果我们都战死了，那他们就是未来的希望。他们会给我们报仇的，哪怕是十年后，百年后。

哀兵必胜。此战猫王大胜。鼠王的喉管被猫王一口咬断，群鼠几被全歼。猫群损失也不小，有几只猫受了伤，伤势严重。猫王亲自给他们舔伤口，喂食，还挂了勋章。猫王把自己的套餐都让给伤猫，自己只和群猫一道吃些鼠雀。伤猫的情况日渐严重，眼看不行了，猫王一咬牙，率群猫抬着遍地的鼠尸，围着粮仓总管的衙门哀鸣不止。

粮仓总管只是胡乱给伤猫涂了点药膏，又扔了一袋牛奶。猫王大怒，他下令英勇鼠率残部在总管的衙门里闹了一夜，群猫置之不理。总管拎着猫王进屋，叫他捕鼠，猫王只是伏地哀鸣，总管踢得猫王遍地翻滚，群猫怒极欲反，猫王严厉制止。末了，总管抱起猫王，说，也罢，我这就让人送那几只猫去医院，你把这些鼠给我处理了。

猫王一声怒吼，群鼠尽皆散去。总管长叹，你这猫王，比我这总管厉害呀。伤猫很快病愈出院，猫王率众出迎十里路。归来，布偶猫和扁脸猫押着前任猫王来献，猫王伸出双手，搂着前任的脖子，颤巍巍地喊道，老兄呵，你好糊涂呀。

前任猫王笑笑，小声说，兄弟，你这些招都是我用剩的，别玩了。咬死我吧。

猫王大声对群猫说，快来，见过我们的名誉猫王。从此后，你们，也包括我，要像对父亲一般地对他。

群猫齐喊，前任猫王终于化去一脸冰霜，说，兄弟，还是你高呵。

猫王摆摆蓬松的尾巴，嘴角抿成了弯月。他知道，直到此刻，自己这个王才算当稳当了。

闪　灵

高海涛

　　贝贝，你在为找不到我而着急吗？你会后悔总是到处乱跑了吗？结果跑离了我的视线，再也回不来了。就像一片秋叶，落在地上，树永远找不到它了。我伤心，因为你就在我眼皮子底下丢失了。

　　任何一件大事的发生，都在一闪念之间。你以为的永恒，一瞬间就消失。人和物的命运有时候无法把握。你丢失后，我在想你的模样，以前的，丢失那一瞬间的，还有现在的，你在哪里呢？相机里有你的照片，那张吃鞋的，也就是照得最好，可惜被我删了。一方面，你到处乱窜，抓个镜头都不容易。一方面，以为你会永远在我身边，会随时拍照。

　　昨天傍晚，我先是坐在单元前凉亭内，你一会儿在花草里穿，一会儿跑到我的脚下转，无忧无虑的。小身体是那样的健硕，可爱，喜人。谁在你的身边走过，都会多看上你两眼，夸你几句。

　　特别是我们来到小区中央的大木坛上，我坐在第三排银杏树下，别的小区外的老两口来我们小区散步，他们说，这个小区就像一个大公园。他们问你叫什么，我说，贝贝。那位老大爷说，他家有过一只小狗，黑色的，就叫它小黑。离着它老远，只要一喊小黑，它就一阵风样地刮过来。

　　老大娘叫了一声，贝贝。你就跑到她身边，像平时一样，后腿立起来，两个小前腿扒着树下的木头沿儿。老大爷喊一声，贝贝。你就跑到他身边，把他的雨伞从木沿上叼下来。

　　看到你做了错事，我就叫你。

　　你就在我的脚边转，一会儿，就在木坛上弄出四只小爪与木板的有节奏的敲击声。你到我右边的绿地里嗅嗅，又跑过木坛，转到后面的绿地里嗅。我听到有人在说，这小狗可爱，精神。我在心里想，放养的小狗就是有一种自由的精神。

与老两口又说了几句话。老太太说，贝贝呢。

我四下里一看没有，身后有几个人在看什么，我好像看到你那精神的身影。走过去，却不是。视线之内，再也没有你的身影了。

你就这样，永远离开了我。任我在小区转了无数圈，也看不到你那小小的身影了。

你跑进来，四条小腿频率很快。搬到这个小区仅六天，你到我的身边整整三个月。你总是喜欢到绿地里去嗅，我叫一声：过来了。你小脑袋一抬，大圆眼睛一瞪，"唰"的一下，就会跑到我的前面。或者两只前爪往我身上搭，或者"喔喔"地咬着我的裤角。然后，又去绿地里闻。

或许，你是一个闪灵，只是来到我身边，陪伴着我从旧居迁到新居。

贝贝来我们家的第二天，坐在一个装鸡蛋的小篮子里，我就带它来小区。房子刚装修完，我经常来开窗，让甲醛跑出去。装修呀，开窗呀，我经常来，在电梯里，在院子里，时不时打头碰脸地遇上未来的邻居，陌生得就像在另一个城市。可是，我带小贝贝来那天，电梯里却是久违的问候：

"虎头虎脑的小狗什么品种？"

"不知道。"

"八哥。"

一个女孩把它从小篮里抱出，亲热地逗着。直到电梯从二十五楼下到一层，到了小区的门口她还向小贝贝摆手再见呢。

有一件事，你也许永远不会知道了。那天，我把你当成了出气筒，把与人的气都撒在了你身上。我生了气，你还用嘴咬扫把。平时，我会逗你玩玩，让你随着扫把来回地跑，用墩布墩过的地，滑倒你的样子很可爱。可是，这次我却用扫把猛烈地打你的嘴，一下，两下，打得你圈起的小尾巴耷拉下来，夹在两条小后腿间，灰溜溜地爬到了罗汉床下面。以后，你再看到那个扫把，就会躲得远远的。前几天，你会叫了，就远远地朝着那个正在扫地的扫把"汪汪"地叫，尽管声音还是那样稚嫩。其实，当时打着你的时候，我心里也难过。

每次，我下班回来，你已在门口等着我了。开始，你不敢出门，当我脚迈进门时，你就围着我转。后来，你敢出门了，而且还是爬楼梯了。门一开，你就出来围着我转。有时不小心挤着你的腿，踩到你的脚，你就会发出一声哀号。那次挤得很厉害，小腿瘸了一个晚上，还一直不停地，一拐一拐地围着我转。

那次，你病了。先是因为在道东吃海鲜，你回来后吐了。紧接着，就是吃冬枣。一连两天，你不吃不喝，一双大眼睛呆呆的，总是离不开你的小窝了。抱出来，还是耷拉着尾巴慢慢地回去，爬在里面的小被子上，两眼无神地看着我。

第二天中午，下着了雨。我把你放在自行车前的小篮里，到宠物医院拍了张片子，打了针，化了验。你的胃里有硬东西，可能是枣核。

医生说，它平时吃狗粮像不像吸尘器。

我笑了。医生说得很形象。

医生还说，如果吃了药，硬东西还出不来，就要做手术，不过危险系数很高。当时，我的心里，突然就有了今天丢失你的这种感觉。

第二天，你欢实了。我的放下的心，也对你多了一份感情。特别是，那天，我又把你放在了自行车篮里。就在我骑得飞快时，你却蹿了出来，摔得你嗷嗷哀号。我扔下自行车就去抱你，后怕车轮没有轧上你。

那时，我就想动物是不能随便养的。特别是有灵性的小狗，会让主人对它产生深厚的感情。这种感情的产生，就在小生灵那无休无止的围着主人的脚下的乱转，就在它生病时的眼神里，就在误踩误挤误摔的哀号里。

你丢失了整整一天了。2011 年 11 月 4 日下午 5 点半，越走越远，再往前走，就要立冬了，贝贝，这个寒冷的冬天你会在哪里度过呢？

第二天上午，我去那南大港湿地，湿地里那家打鱼人家的小狗围着我的裤角嗅，很友好的样子。我让它卧在那里，它就卧在那里陪着它的主人，在灶台边构成了一幅十足的生活图景。看着那幅图画，我又想起了你。

下午回来后，冬雨还在绵绵地下，走到丢失你的地方，我突然想，你是不是会抖着一身雨水，从绿地里出来，就像平时给你洗澡时那样地抖动，水花四溅。

不要流泪。珍惜自己现在的拥有吧，无论是亲人，朋友，同事，还有围绕在自己身边的一草一木，一书一纸。

躺着睡觉的马

周海亮

　　一匹马累了，它决定休息。它把两条前腿跪下，再将两条后腿蜷起。它在草原上弛然而卧，像猫一样团着身子。它是草原上唯一一匹躺着睡觉的马。它是一个异类，没有马喜欢它。

　　它告诉其他的马，其实躺着睡觉远比站着睡觉舒服。可是没有任何一匹马相信它。自盘古开天辟地，马们都是站着睡觉的，这是马的标志，更是历史和传统。躺着睡觉？没有马敢跟它学习。

　　可是马群中有一匹马受伤了。它的一条后腿在一次奔逃中被狮子的利齿刺穿，虽然捡回性命，走路却一瘸一拐。伤口在夏天发炎，疼痛难忍。它决定躺下睡觉。它决心试一试。它真的这么做了。当它醒来，一个消息迅速在草原上的野马群里扩散开来：躺着睡觉，是如此美妙。

　　一个奇特的现象在以后的几天里诞生并且延续。所有的野马，全都趴伏在地上睡觉。它们就像一只只猫或者一条条狗，睡得放肆、踏实和幸福。它们搞不懂的是，为什么千百年来，它们的祖先们，一直不肯躺下来？无疑，站着睡觉是一种近乎于自虐的行为。它们为祖先们失去一种美好的感受和体验而惋惜不已。

　　可是那天，休息中的野马群遭到狮子的伏击。三只狮子从三个方向攻击了它们，对它们大开杀戒。马们在头马的带领下奋勇突围，它们用健硕有力的后腿蹬踢着进攻的狮子。那次突围，它们失去了六位伙伴，包括那匹受伤的马。其实遭到攻击是常有的事，伙伴被屠杀也是常有的事，可是一下子死掉六位伙伴，还是头一次。最后它们得出结论，所有的一切，只因为它们选择了躺下睡觉的姿势。这种姿势太过舒服，让它们的警觉性大大降低。并且，不可忽略的是，这使得它们多出一个站起来的动作。这动作让它们失

081

去了逃走的最佳时机。

马们痛恨这匹躺着睡觉的马。它们不能够原谅它。它们把它驱逐出野马群，让它独自面对危险。伤心的马失去了集体，它变得多愁善感，郁郁寡欢。

它仍然躺着睡觉，就像一条狗。它把耳朵紧贴上地面，时刻感觉着周围的危机四伏。三只狮子再一次从不同的方向向它发起攻击，它早早地一跃而起，将狮子远远地甩在后面。它站在一个土坡上嘲笑被它甩掉的狮子，嘲笑赶它离开的同类。它试图用它的经历说服野马群里的同类，它想说，我们完全可以像狗一样用耳朵感知危险。它试图回到它们中间。没有用，仍然没有任何一匹马相信它。它们不想被它说服。——它们曾经亲眼目睹六位伙伴瞬间被狮子的利齿撕成碎片。

它只好继续独自生活，尽管它是那样怀念它的集体。许多年后它老了，步履蹒跚。它依然保持着警觉的耳朵，却无法保持敏捷的身手。终于，在一个黄昏，一只同样老迈的狮子攻击了它。它拼命奔逃，却没有成功。被撕碎的一刹那，它没有恐惧，只剩下忧伤。它想，当它死后，这世上的马，将再也不会躺下。

它的故事在野马群里流传。没有颂扬，只剩下怜悯。马们只知道在很多年前，有一匹躺着睡觉的马，落入了狮子之口。所以它们的教训是，无论如何辛苦和疲劳，都绝不能够躺下。尽管站着睡觉的马，也常常遭受攻击，也常常面临屠杀和死亡。

一只不幸而幸运的羊

巴图尔

　　我家刚搬到新疆阿克苏时，邻居全是维吾尔人，村里连一家汉族人都没有。因语言不通，与邻里交流很不方便，感觉就像到了外国。邻居一家叫吐尔地的，三个儿子头都生了疮，母亲就给弄了一个偏方，用生姜擦头治好了他家儿子的头疮，从此，两家关系也就好了起来。

　　我家在那个维吾尔村子生活了十几年，一直和吐尔地家保持着良好的关系，直至我家搬到城里住，吐尔地和家人进城还是经常到我家串门。

　　那年，吐尔地家一只母羊生了一只三条腿的羊羔，成了村里最奇特的事儿。全村人都跑去看，看完了大家都觉得，这只羊羔很可怜，甚至怀疑羊羔活不了。

　　羊羔只有三条腿，一个星期之后，它才能独自站立。在此之前，小羊羔只能靠人的帮助才能吃到奶。三条腿羊羔学会站立走路，吃了不少苦头，最终它还是站立了起来，蹦蹦跳跳地长大了。在吐尔地的精心饲养照料下，三条腿的羊羔不仅活下来了，而且活得非常好，比其他的羊羔长得更加健壮。

　　吐尔地对这只羊羔有一种偏爱，走到哪里就把它带到哪里，过渠沟或者上坡坎时，它的三条腿跳不过去，吐尔地就抱它过去。庄稼地头的草肥嫩，它只吃草不吃庄稼，它好像很懂主人的心思，它知道哪些东西它可以吃，哪些东西它不该吃，就算走进庄稼地，也不会动一口庄稼，那些鲜嫩的草已经让它很满足了。再加上吐尔地吃馕时总给它喂上一点，它反倒比其他羊羔更见长。

　　过了古尔邦节，吐尔地的大儿子就要结婚了。吐尔地几天来都不咋说话，心里一直盘算着儿子结婚的事。那天吃过晚饭，一家人围坐在炕上默默不语，吐尔地的妻子打破沉默说：库尔班的婚事准备得差不多了，婚期也快到了,看看,杀哪只羊,现在好加一把料,加加肥。

吐尔地抬头看了一眼妻子,瓮声瓮气地说:一群羊,杀哪只不行。

儿子库尔班说:就杀那只三条腿的吧,就它肥,还是个三条腿。

儿子库尔班的婚期很快就到了。因为是邻居,我父亲早早就过去帮忙。那时候,我家到阿克苏也就一年多,对于维吾尔人的习俗还不很了解。虽然父亲去帮忙了,可并帮不上什么忙,只是站在旁边看热闹。维吾尔人杀羊是要念经,杀羊人刚把三条腿的羊牵过来念经时,却出现惊人的一幕,它仅有的一条前腿,突然跪在我父亲的面前,叫声非常凄惨,而且眼睛流着泪。

见我父亲并没有什么反应,三条腿的羊立起一条前腿,向我父亲面前挪动了两步,再次跪下一条前腿。这回我父亲明白了,它是在乞求我父亲救它。当杀羊人提刀走过来,父亲拦住了杀羊人。

吐尔地和其他帮忙人都围了过来。父亲说明情况之后,吐尔地很无奈地对父亲说:哎,我的老朋友,我的儿子结婚不杀羊,我们怎么招待客人呢?

父亲想了想说:这样吧,我嘛,一只羊给你,这只羊嘛,我牵走。

吐尔地似笑非笑地说:哎,我的老朋友,你的羊那么瘦,我的羊这么肥。哎呀,我嘛,不好说了嘛。

父亲毫不犹豫地说:好,我明白了,我的两个羊给你,你这个羊给我。

从那以后,那只三条腿的羊就成我们家的了。为此,父亲没少挨母亲的怨,说父亲太傻,用两只羊换一只三条腿的羊,天底下哪有你这么傻的人。可父亲总是对母亲说:这是一只通人性的羊,就是拿十只羊换也不后悔。

隔了一个月,父亲就有好消息告诉母亲说:老伙计,我们家的那只三条腿的羊怀孕了。

父亲对母亲兴奋完,自己咕哝着:哼,差一点让吐尔地一刀杀了两条性命。

母亲没好气地说:不就是怀孕了吗,我就不信,能生一个金娃娃来。

三个月后的一天,三条腿的羊生产了。一只羊羔生出来,父亲觉得没事了,可三条腿母羊还是卧在地上不动,过三五分钟,又生出了一只羊羔。这可把父亲高兴坏了,连声喊着母亲:老伙计,老伙计,你快来看,是个双胞胎。

母亲急三火四地从屋里跑出来,一看才露出笑容。

村里人和吐尔地得到这个消息,也都跑过来看。吐尔地后悔地对父亲说:呜呦,你的命这么好嘛,我几十个羊也没有生双胞胎的,你一个拿来了,就是双胞胎嘛。

父亲说：哎，吐尔地，你嘛，差一点点，三个命杀掉了。

三条腿的羊带着两只羊羔，每次路经邻居吐尔地家门时，它总是把头昂得高高的，但是能看出它的眼神，总是始终斜视着吐尔地的家。我家的羊群壮大的速度，是方圆百八十公里最快的，当然是生双胞胎三条腿羊的功劳，它生的羊羔长大了，也生双胞胎。我家的羊群几年的工夫就壮大起来。所以，村里人都想买我家生双胞胎的羊羔。

羊群壮大了，父亲就开始卖生双胞胎的羊羔。每年，不等羊羔生下来，村里人就老早准备好了钱。买我家的母羊羔，当然价钱比其他母羊羔高出两三倍。

后来，我们家从农村搬到城里，父亲虽然不舍三条腿能生双胞胎的羊，为了进城，还是把它卖给了村主任，因为他答应了父亲，不杀也不卖三条腿的羊。

再后来，父亲还回过几次农村看过它。最后一次，父亲回来说，三条腿的羊老死了。为此，父亲有很长时间与酒为伴，还常和别人说起那只三条腿的羊。

丢失的羊

巴图尔

　　距离阿克苏城五公里的地方有一座荒山,山势并不高大,只因山体是黑褐色的,而得名黑山。在黑山脚下有一个维吾尔村庄,名字就叫黑山村,村子大约有七八十口人。这个村子很早以前就以半农半牧为主,土地虽然多,可是极其地缺水,很多土地都荒芜着,不知哪一年,村子从阿克苏河引了一条灌溉渠,全村人畜饮用就靠这一渠的水了。

　　乌布利就是这个小村子土生土长的人,从生也没离开过这个不穷不富的村子。三年前,也就是古尔邦节前一天晚上,乌布利丢了一只过节要杀的羊。至今已有三年了,他还念念不忘那只丢失的羊。那只羊长得很威武,看模样就知道生殖力很强,要不是家里还有了一只比它更威武的种羊,前年古尔邦节不会想杀它的。可就在古尔邦节前一天晚上,那只羊莫名其妙地丢了。乌布利怕亲戚朋友说他小气,就另外杀了一只过节。古尔邦节过后,他和村里人找了好几天,好像这家伙突然蒸发了,从此就不见了踪影。

　　乌布利记得前年古尔邦节前夜,他和妻子的对话,他说:今年孩子都大了,也能吃了,杀一只大一点的羊过古尔邦节吧。

　　妻子说:不行就杀两只吧? 亲戚朋友那么多,吃就让人吃好。

　　他说:杀两只太浪费了,就杀那只盘角的羊,那家伙又大又肥。

　　妻子说:我看行,咱们家留一只种羊就够了,没必要留两只。

　　从古尔邦节前的那天晚上,那只羊就失踪了。

　　后来,在黑山里面发现了怪兽,奔跑起来非常快,一眨眼就不见了。头上盘着大大的犄角,浑身黑不溜秋的,身体庞大,跑起来把地踏得咚咚响,外面好像还穿着盔甲,头和四肢却很小,就像乌龟一样把头和脚缩在甲壳里。听放羊的孩子们还说,好像那家伙鼻子还会喷烟雾。

这是几个放羊孩子回来说的,村里的大人根本不信这几个孩子的话。后来,村里有一个大人也说,在黑山里也看到了那个怪物,形容的模样和孩子们差不多。但是更多的人不相信那些无根无据的传言。黑山出了怪物,村里就有好事者,相约几个要好的去看个究竟。到达黑山四处一片寂静,除了光秃秃的山什么也没有。寻找了半天什么也没找到,大家的胆子也就大了,放开喉咙大喊大叫,也没看到怪兽的影子,大家就回去了。村里的恐惧感也随之消失,又恢复往日的平静。

时隔不久,村里又有人说在黑山里看到那个怪物了。村里就有人觉得奇怪,问那人:没事你跑到黑山那个鬼地方干什么呢?

那人说:我只是路过那里,想找个解手的地方,一回头就看到那个怪东西了。

村干部本来根本不相信,可是假话说三遍也变成真的了,何况被村民传得沸沸扬扬的黑山怪物,已经在村里造成一定恐慌。村干部再三研究决定上报到乡里,乡里没人理这个茬儿,还没鼻子没脸地说:大白天见鬼了,你们不觉得荒唐可笑吗?回去,别在这儿丢人现眼了。

村干部灰头土脸地回来了。说真的,他们也不相信这是真的,可是,村里人却深信不疑,而且这种恐惧感一天比一天强势,甚至有的父母哄孩子常说:别哭了,再哭,黑山老妖就来了。村干部为了安抚村里人恐惧的心态,决定要进黑山探个究竟。搜寻一上午并无结果,只见过一些羊粪和羊蹄脚印,别无发现。黑山说起来并不算大,在庞大的天山山系中,只是冰山的一角。可要想在黑山里搜出一个怪物又谈何容易,无异于大海里捞针。村主任买合苏提江说:不管怎样,都得给村里人一个交代,不能让村里人过提心吊胆的日子。

下午刚前行了一段路程,就有人发现前面的山坡上,有一个黑点在动。他捅了一下村主任买合苏提江,声音有些颤抖地说:主任,你看那里,好像真有一个东西在动。大家一下子就紧张起来了,感觉脑后生风,浑身的汗毛都立起来了。村主任买合苏提江眯起眼睛,顺着指引的手势望去,声音也有些颤抖地说:没错,大家准备好家伙。

村副主任艾合拜尔做了一个包抄的手势。大家就分散开来,向那个黑影子悄无声息地包抄了过去。

距离那个怪物越来越近了,大家也可以看清了。大家越接近越觉得那家伙像一只羊,只是比别的羊大了许多。包围圈越来越小,那家伙听到了响

087

动,静静地望了一望,用鼻子嗅着风中的气味。

就在怪物蹬开四蹄想逃的时候,一只大网从天而降,那家伙拼命挣扎着,大家一起上手把它按在地上,它发出永世无法改变的叫声"咩咩"。

回到村里,全村的人都来看"怪物"。这家伙两年没剪毛了,厚厚的毛有一尺厚,就像穿了一层厚厚的盔甲,头上的毛几乎挡住了眼睛的视线。乌布利歪着脑袋走过来,蹲在地上左看看右看看,一拍大腿说:哎呀,这不是我家前年丢的那只羊吗!

有人疑惑地说:鬼才相信你的话,你家羊丢了两年多,早就成了别人的美餐了,凭什么说这是你家的羊?

乌布利激动地说:我可不是那种见财起意的人,你看看这对盘着的角,再看看羊头的长相,和我们家丢的那只一模一样。

又有人说:一模一样就是你家的吗?你总得说出理由让我们信服吧?那我说是我家丢的行不行?

我记得丢它的时候,脖子上有一块牌子。乌布利歪着脑袋想了想又说:对,有一件东西你们都见过的。乌布利说着就蹲在地上,扒开羊脖子厚厚的毛,一块一寸大小的圆牌子露了出来。看,就是这块牌子。那块牌子是一次秋季农牧民运动会上得的,上面还刻着"黑山村第六届秋季农牧民运动会"的字样。

乌布利站起身仰面朝天:胡大①啊! 感谢那块牌子还在。

大家也都凑过来看,看到乌布利的样子,大家又都笑了。有人说:乌布利好运气呀,丢了两年的羊又找回来了,就当捡了一只羊,你得请我们吃饭。

不管怎么说,乌布利牵着两年后失而复得的羊,心里还是很高兴。

那天夜里,乌布利做了一个梦,那只羊又逃进了黑山。梦一醒,顾不上穿鞋他就跑到羊圈看。从此那只羊就彻底丢失了。

人都说再去找找。乌布利却摇着头说:算了,羊也有自己的自由。

---

① 胡大:维吾尔语"真主"之意。

训禽记

马国兴

若是院子里只有大人小孩来往，未免寂寞，总得喂点鸡呀什么的。这当然只是一种浪漫的说法，村人养禽喂畜，更多的是取其实用。鸡鸭鹅的肉和蛋，可做待客时拿得出手的菜，而狗分明是院落的另一道门户，猫则是一个流动的捕鼠夹子，牛呢，简直就是一个不会说话的劳力……

小时候的我，有一个流传颇广的外号，叫"鸭司令"。每次上学，我总是捡拾一根木棍，打开圈门，赶着鸭子一路前行。学校外面有条河，我把鸭子安顿好，转身奔向教室。放学后，我卷了裤腿，脱掉鞋子跳下河，在泥水中摸索，恐怕有鸭子把蛋下到河里。摸到鸭蛋，冲洗干净，放进书包，我再次扬鞭，将鸭子赶回家。很多次，回到家翻检书包，却发现里面成了一锅粥——鸭蛋破了。

我最不喜欢下雨了。鸭子似乎在雨雾中迷失了方向，任凭我怎么指挥，都不肯游动一步。更糟的是，有时候鸭子四散乱窜，我总是顾了这头乱了那头，气得不行。从学校到家只有百十米，却成了我这一生最漫长而艰难的一段行走。唉，"司令"难当啊。

太阳落山，炊烟升起。一只叫春的猫，或是一只下蛋的鸡没有回来，家里便少了一个成员，叫人寝食难安。女主人走出家门，挨家串户去找，或者扯开嗓子广而告之："谁见俺家的鸡哩——"村子不大，村人那时还没有电视可看，大都能清晰或隐约地听见她的喊声。刚开始的语气是舒缓的，饱含期待和感恩。喊了半天没有结果，女主人便多心了，脑子迅速转了起来，搜寻平日里有过节儿的人家，站在他家门外再喊："谁要是藏了俺家的鸡，叫他家的鸡都不会下蛋，都得鸡瘟死喽！"语气紧张，满是愤怒。晚餐是劳累一天圆满的了结，可这喊叫不亚于在汤碗里丢了一摊鸡屎，自认清白的这家人气不过，难免出来辩白，一来二往，口角翻出来旧账，那只鸡倒成次要的了。这时总会有人围观，劝架，或者看热闹。无聊的村人，终于有了一次很好的娱乐。

我家养鹅，这是别家没有的。鹅其实是狗，有生人来，鹅"嘎嘎"地叫，追着来人的脚，直到他跳进屋里，还叫个不停，向主人请功。家人总是向来人赔不是，对鹅佯装训斥，往远处撒把玉米，封住鹅的嘴巴。鹅一公一母，每次被训得最重的，是公鹅。我喜爱公鹅的忠诚，但有时又十分讨厌它——这家伙不时蹿上瘦弱母鹅的背，展开双翅保持平衡，然后……我要是撞上了，总会随手操起个东西，强行将它赶下去。大人们见到我的举动，笑着对我说："你不想吃鹅蛋了？"这和我吃不吃鹅蛋有什么关系，可他们又不说。他们的微笑神秘极了。

后来，公鹅死了。母鹅太柔弱，好几次对生人的到来都没有反应。我便怀念警觉的公鹅。家人取了一个鹅蛋，拿到孵化场，不久又给我抱回一只小公鹅。小公鹅一天天长大，和老公鹅一样，看家护院，尽职尽责。然而，问题又出来了，有一天，这个小家伙也爬上母鹅的身子。我怒火中烧，上去握紧它的脖子，狠狠地甩了出去！小公鹅的叫声引出了疑惑的家人。我哭喊着："母鹅可是小公鹅的妈妈呀！"

若说孤单，莫过于故乡的家人。要说爷爷也是儿孙满堂的，不过也只是过年过节，大家聚在一起，凑些热闹。平时我们或工作或上学，老家的院落便成了空巢。鸡鸭鹅是不养了，要吃肉蛋，尽可以花钱来买。前不久，大猪变卖后，家人并没如常买来猪崽。妈妈说："我们都老了，喂不动了。"于是，剩饭菜和刷锅水便无处可去，于是，一个小小的食物链便断了一环。

故乡的这个院子，不再有我的童年。如此清静，又如此落寞。

两家人和两只狗

赵 新

　　他们两个是兄弟。他们两个是邻居。东院住着哥哥,西院住着弟弟。

　　两个院落之间是窄窄的一溜荒地。荒地上长满了杂草,有沙蓬蒿,有马齿菜,有鬼圪针苗,还有铁刺蒺藜。

　　两年前,哥哥偷偷地把荒地上的界石往西挪了挪,挪了大约有二尺;弟弟发现以后,又偷偷地把界石往东挪了挪,挪了大约有三尺。为此兄弟两个恶狠狠地打了一架,哥哥被打歪了鼻子,弟弟也被撕破了耳朵;为此两个人还骂了祖宗,说他们以后谁再答理谁,谁就是驴日的,谁就是狗娘养的!

　　两年来他们没有说过一句话,更没有来往;如果在哪里碰面了,一个拐弯就走,一个掉头而回;拐了弯掉了头还要往地上啐几口吐沫,说是晦气晦气真晦气!乡亲们说他们结下了死仇气,他们立刻更正说不是死仇气而是鬼仇气,我以后做了鬼也和他有仇气!

　　今年开春东院养了一只乳白色的京巴狗,很好看,很好玩;西院见东院养了,自己也马上养了一只。西院的狗是米黄色,西院说我们什么颜色的狗都可以养,就是不要白的!白的是孝,死了人才戴孝哩!

　　人有仇气,狗没有仇气。那一白一黄两只狗常常在那片草地上追逐玩耍,跳跃奔袭,有时候如痴如醉地亲吻,有时候抱成一团嬉戏。那一天那条黄狗欢天喜地跑进东院里来,正要兴致勃勃地和白狗打招呼的时候,被哥哥一脚踢飞。哥哥怒不可遏地骂道:杂种!想讨我的便宜?瞎了狗眼不是?

　　这一脚正踢在眼上。狗眼青了,狗眼肿了。西院的弟弟马上告诉媳妇说:咱的狗肯定是被东院踢伤的,等他的狗来了,你就使劲打,使劲踹,要死的不要活的!

　　东院的狗果然来了。媳妇才要抡圆了棍子咬牙切齿地打,却发现那团状如雪球的小东西嘴里衔了一根火腿肠。小东西径直跑到萎靡不振的黄狗身边,把嘴里的东西放下,陪了黄狗卧在一起。

媳妇看见,白狗开始抚慰黄狗,它抬起前腿梳理它的绒毛,挠它的肚皮。

它用舌头舔它的鼻子,舔它的眼睛,舔它的伤痕。

白狗的眼里忽然有了泪水,那泪水拖得很长很长。

白狗又叼起地上的火腿肠,然后把它送到黄狗嘴里。

媳妇心里一动,扔了手里的棍子。

媳妇把事情告诉了男人。媳妇说:今天东院的狗跑到咱家慰问来了,还带着礼品。

男人说:是吗?男人又说:就你心慈面软,不敢下手!

第二天那只白狗又来了,又叼给黄狗一根火腿肠。这一次男人见到了,男人也没有下手打那只白狗。男人和媳妇说:官不打送礼的,饶了它吧!

媳妇说:饶了它吧,只当你哥你嫂来给咱赔了不是!

黄狗很快恢复了健康。黄狗不计前嫌,照样往东院跑,有时候还偏偏跟在哥哥身后,和他一起下地,打也打不走,撵也撵不回。有一次哥哥把钱包丢了,哪里也找到了,哪里也找不见,急得寻死觅活,不吃不睡,却被黄狗从他的菜园地里叼了回来,送到了他的手里。

那是好几千块钱,是哥哥有意带在身上,准备随时还给人家的。

哥哥和媳妇说:你看,这狗比人还强,忘了不踢它那一脚!

媳妇说:也是!这狗比你弟弟强一千倍,强一万倍——你弟弟拾了你的钱包会还给你吗?

哥哥说:我弟弟好像也比以前强了,见了面不再躲躲闪闪的啦!

媳妇说:屁,那是因为咱待他的狗好!

哥哥说:不管怎么说,反正他的态度是改变了,如果弟弟和我说话我就和他说话;我是哥哥,我让他一步,我不和他一般见识!

媳妇说:那是看在狗的面子上,他别觉得是咱们软了,害怕他了。

过了春天到了夏天,又到了盛夏,到了伏天。

伏天太热,村里人晚上睡觉都敞着门子。

那天深夜白狗和黄狗一片狂吠。哥哥和媳妇说:你听,这狗叫得不相当啊,敢是院里有什么玩意?媳妇说:我害怕,你不要出去!弟弟也和媳妇说:你听,这狗叫得不相当啊,敢是院里有什么玩意?媳妇也说:我害怕,你不要出去!结果两个男人都没动,结果第二天早晨他们发现,两只狗都被刀子捅死了,黄狗死在了东院,白狗躺在了西边的院里。

哥哥横眉怒目地找到弟弟说:老二,你为什么捅死我的狗?杀人偿命,欠债还钱,我饶不了你!

弟弟说:老大,你还有脸找我?我的狗为什么死在你的院里?

新仇旧恨,两个人动手就打,结果哥哥和弟弟都躺在了地上,一边痛苦地呻吟,一边慢慢地喘息。

后来县公安局捉住了一个偷儿。偷儿交代,他在伏天的一个夜晚,潜入北铺村的东院去偷东西,结果被一白一黄两只京巴狗咬扯得下不了手,一怒之下,他就掏出了刀子。偷儿交代,因为他知己知彼,知道东院和西院有很深刻的仇气,在朦胧的月辉里,他顺手把死在地上的白狗扔在了西院,然后逃之夭夭。

这自然是后话。

逮了一只獾

赵 新

　　王志善老汉把那几只神出鬼没、作恶多端的母獾恨得咬牙切齿,发誓与它们不共戴天!

　　王老汉的家住在深山老峪的何家庄村。村子本来就小,又陆陆续续搬走了十几家,结果就剩下他一户!王老汉坚决不搬,一是住惯了的坡不嫌陡,故土难离;二是这地方的水土好,旱不怕旱,涝不怕涝,年年都能长出好庄稼。种一年吃五年,种两年吃十年,吃不了就卖,卖了粮食也是钱,有了钱你说咋咱就咋!

　　王老汉栉风沐雨,披星戴月,如鱼得水般地在地里耕作,眉开眼笑地从地里收获,光景过得红红火火,蓬蓬勃勃,虽然已经是年近花甲的年纪,却觉得和年轻人的劲头差不了多少!

　　可是他斗不过那几只母獾:那几只母獾和那群獾羔子简直就要把他祸害死了!

　　春天的时候,他把豆子、花生种在地里,他白天种,那獾晚上刨;他白天种一亩,那獾连吃带瞎,一晚上能给他糟蹋六分。立秋之后,棒子结穗了,灌浆了,嫩嫩的棒子粒又水灵又鲜活,那几只母獾就率领着它们的獾羔子出来了!那母獾真狠真赖也真有能耐,它只管一棵一棵地将那亭亭玉立的棒子搬倒,任由那些饥肠辘辘的獾羔子们一穗一穗地去吃,这穗不好吃就赶紧吃下一穗,哪个好吃啃哪个!这时候你站在地头上听吧,地里头喊哩咔嚓、稀里哗啦响成一片,如同秋风扫落叶那样,那獾一会儿工夫就把一大片棒子撂倒了,啃光了!王志善粗粗地算了一笔账,那獾每天晚上平均扒倒二百棵棒子,损失八十斤棒子粒,那么一个月该损失多少?两个月该损失多少?

　　看着那大片大片被踩躏被糟蹋的庄稼,老汉的泪水哗啦啦地流出来,心都碎了！

老汉晚上再也不敢在家里睡觉：他领上一只狗，拿上一只手电筒，夜夜去地里巡逻。他在地头拢火、放鞭炮，他在小路上下夹子、下獾套，试图把那害人的东西赶尽杀绝，并且争取活捉几个。可是那獾很贼很狡猾，你在这里点火，它在那里偷吃，你点你的，它吃它的，井水不犯河水；你在小路上下套，它从大路上下山，不是怕你，而是讲究策略，并且大路更好走更宽绰。那大大小小的獾们就这样和老汉玩起了"捉迷藏"，半个月过去之后，老汉风吹雨打忍饥受饿，人已经疲累得不成样子，那群獾羔子反倒雨露滋润，饱吃饱喝，越发地活泼健壮，越发地朝气蓬勃！

脾性绵善的王老汉终于忍无可忍，终于对着那黑沉沉的夜空愤怒地骂道：獾们，我操你姥姥！因为骂得声嗓大，周围的大山也帮着他骂：獾们，我操你姥姥！

那天早晨，老汉逮住了一只母獾，是用套子套住的！那只獾的个头像只小猪，浑身雪白，又肥又胖，惊恐地又是奋勇地在套子里乱蹦乱跳！老汉也不说话，用一条口袋装了，往肩膀上一挎，匆匆走回家来。

女人问他：口袋里装的什么？

他说：獾！一只母獾，肚皮上还带着奶哩！

女人又问：你怎么哭了？

他说：我哭什么？我很高兴！我好不容易！

女人再问：这只獾……咋办？

他说：十恶不赦的东西，杀！杀了炖肉！

他把那只獾牢牢地拴在院子里，然后就去磨刀。映着初升的太阳，和着凉爽的秋风，他把那把菜刀磨得闪闪发亮，能照得见他激愤的面影。他一边磨刀一边念念有词：善有善报，恶有恶报，叫你吃我的花生！叫你吃我的棒子！叫你祸害我们！

可是真要杀那只獾时，女人下不了手，儿子下不了手，孙子下不了手，都说活蹦乱跳的东西，好歹也是一条性命，怎么能够一刀下去……血流得到处都是？老汉大怒，朝那三个人骂道：没用的东西，就你们心慈面软！你们心疼它，就不知道心疼我？就不知道心疼咱的粮食？

他把那只獾提了起来，正要用刀抹过去时，看见那畜生眼睛明亮，鼻头端正，嘴唇红润，耳朵小巧，精灵一样活泼伶俐！他用力把它摇了几摇，晃了几晃，那小东西发出哀哀怨怨的叫声，好像受了多大委屈！

他的手也软了,他又把它扔在了院里!

女人说:不杀它了?

他说:不杀了,叫它自己饿死,气死!

那天晚上他破例没有出门巡逻。他想好好地睡上一觉。半夜时分他的院里突然乱作一团,嘈嘈杂杂,呜呜咽咽,像哭,像叫,像悲愤的呼喊,像求救似的无可奈何!他悄悄地趴在窗台上朝外一看,明亮的月光下,院子里跑进来四只小獾,那小獾正在拼命地啃咬那根拴了母獾的绳索!

咬不断就闹出这许多动静来。

他叫醒了女人。女人也趴在了窗台上。

女人说:它们肯定是一家子,那大的是娘,小的是儿!

女人说:你看那只小个的拱奶吃哩,那母獾饿了一天了,它还有奶吗?

女人说:你看它们搂搂抱抱,亲亲爱爱,和我当年奶孩子差不多!

他说:你少说一句吧,就你话多!

这时候他拴在院里的狗呼地扑了上去,下嘴就咬;那几个小东西竟然视而不见听而不闻,一副视死如归不屈不挠的样子,仍然拼命啃咬那根绳索。

女人感叹道:哎呀,这帮孩子真孝顺,为了娘就不要自己的性命了!

这一夜老汉再也没有睡着。

第二天早晨他看见那只母獾的眼睛里含了两包泪水,蔫呼呼的已经缩成一团了。他又用那条口袋装好它,往肩膀上一挎,匆匆就走。

女人喊道:哎,你这是去哪儿?

他说:哪儿也不去,上山!

女人说:是去放它吗?

他扭回头来看了女人一眼:你少说一句吧,就你话多!

猎　貂

乔　迁

　　猎貂，主猎紫貂。紫貂，俗名大叶子，毛皮珍贵。用紫貂皮制成的裘装，得风则暖，着水不濡，点雪即消。满清王朝规定：非皇室与二品以上王公大臣不得着貂裘。

　　据说，老辈人猎貂，为使貂皮无损，在风雪天赤身裸体躺在有紫貂的山里。紫貂心善，常以体覆盖冰冻之人，使其暖，便被捉。只是，十人捉貂，常十人不得生还。

　　三皮把脸贴在母亲的胸膛，一股凉意瞬间从他的脸皮传到心里，便禁不住心颤了一下，两行热泪夺眶而出。

　　随着凉意而来的，还有母亲胸腔里那如风匣一般的呼嗒声。

　　老中医的话在三皮的耳畔响起：这病，有张貂皮暖着就好了。

　　三皮起身去了老猎人四爷家。

　　四爷望着下了决心要去猎貂的三皮，缓缓地从身后拽出一坛陈年老酒来，启了封皮，一股浓烈的酒香立刻溢满了屋子。闻着酒香，三皮身子就暖暖的了。四爷把酒递给三皮说："喝了吧！能顶一阵子的。"

　　三皮喝了酒，就去了红马山。

　　四爷找到三皮时，三皮都冻僵了，可僵了的三皮没死，嘴里一口口地呼着白气呢！一只紫貂像一张小毯子似的把三皮的胸口捂个严严实实。

　　四爷把静静伏卧在三皮胸口的紫貂拾起，装进蛇皮口袋里。用雪擦了三皮的身体，又用狍皮袄裹了三皮，把三皮背了回来。

　　三皮醒过来，看到了母亲的泪眼和贴在母亲胸口的紫貂皮。三皮说："紫貂也疼咱母亲呢！"

　　四爷说："是紫貂知道你有孝心呢！"

日军占领东北,各地抗联勇击日寇。

一日,一抗联小分队路过,小住。三皮在四爷家见到抗联队长不住捶腰,嘴里咝咝痛苦呻吟,一问得知,因天寒地冻腰处枪伤疼痛。

三皮便对四爷说:"给我坛陈年老酒吧!"

四爷含泪而起,亲自斟酒给三皮。

三皮顶着风雪上了山。

四爷寻上山来,远远便看见了三皮,惊奇万分,感叹不已。躺在雪地上的三皮身上覆盖着一层厚厚的貂毯,从头到脚,只留下两个鼻孔出气,数不清多少只紫貂卧在三皮的身上……

四爷热泪长叹:"仁心呢!"

三皮参加了抗联。

参加了抗联的三皮在一次战斗中被日军俘虏。

三皮没熬得住日军的诱惑,成了汉奸。

汉奸三皮领着日军找到了抗联小分队的营地,上百条铮铮不屈的汉子血洒黑土。

清理抗联物品时,日军少佐发现了抗联队长腰间的紫貂皮,惊喜地扯下来。一看,却有着四五个枪眼,可惜得哇哇直叫。

三皮过来,谄笑着吹嘘说道:"这还是我猎到的呢……"

少佐目露神采,寒光闪闪的战刀一指三皮:"你的,再猎一只给我。"

三皮惊出了一身冷汗。望着寒光闪闪的战刀,却又不得不硬着眉头脱光了衣衫。

四爷在山上发现了死去多日冻得梆硬光条条的三皮。

四爷来到三皮跟前,便看到三皮的胸口处有个碗大的洞。四爷往里看了看,里面没有了心,早让紫貂掏吃了。

女孩·白鹭鸟

贺敬涛

那时候,女孩还是一个月大的女婴。

那时候,撅巴爷已不年轻。

迷人的肯纳湖碧波荡漾,岸边湿地一人多高的芦苇密密匝匝,成千上万只白鹭鸟在湿地上像曼妙的仙女起起落落、走走停停。

那天午后,一只美丽的绿颈白鹭走到撅巴爷住的房前,引颈轻啼,撅巴爷跟着白鹭鸟来到芦苇丛中,密密的苇丛中枣花布包裹里有一个可爱的女婴,粉嘟嘟的小脸,大大的眼睛,望着撅巴爷笑。

于是,单身撅巴爷有了漂亮的孙女。

撅巴爷与女孩住在湖边小岛上的苇房里。

"绿颈白鹭鸟是你的妈妈哩!"撅巴爷笑眯眯地对女孩说,升腾起的烟雾罩住日渐苍老的撅巴爷。

女孩瞪着黑黑的大眼睛,甜甜地笑。

常常,扎着两个小辫子的女孩,在白鹭鸟群中自由自在地玩耍,白鹭在她身边悠闲地寻找湖水退去留下的小虾、小鱼,女孩也用小手帮助捡拾,那只绿颈白鹭就在女孩身边悠闲漫步。

每年寒冷的冬天,白鹭鸟总要飞到很远很远的地方去,春天的时候才飞回来。

每年,绿颈白鹭鸟飞回的当天总要先到撅巴爷家,撅巴爷也总会在家等它,一起飞来的是只灰黑色的白鹭,身后跟着七八只年轻的白鹭,很显然,那是它的孩子们。

可,今年,绿颈白鹭一家飞回的时间整整晚了七天,天擦黑时,女孩在院子里才发现绿颈白鹭鸟一家,绿颈白鹭鸟蜷缩在地上,左腿受了伤,身后只有四只白鹭，一副惊慌失措的样子。

撅巴爷和小女孩急忙捣了草药敷在绿颈白鹭鸟伤口上，取了拇指粗的芦苇用刀片破成两片，轻轻夹在腿上，又用绳子上下绑住，绿颈白鹭鸟斜斜靠在女孩肩膀上一动不动。

静静的肯纳湖越来越不太平了，鸟铳的声响总是在某个角落突然响起，又总有几只白鹭鸟随着枪声从空中跌落湖里，饭店里白鹭鸟的价格诱人。

一个金色的下午，一大群白鹭鸟在湖边觅食，女孩在白鹭鸟群边玩盖房子的游戏，夕阳西下，金色一片。

女孩忽然发现苇丛中蹲着两个陌生的男人，乌黑的枪口正在瞄准白鹭鸟群。

女孩惊叫起来，张开双臂冲着枪口飞快地扑过去，并大声地喊叫，想让白鹭鸟快逃。

"轰！"一声沉闷的枪响，时间瞬间静止了，女孩像断了翅膀的小鸟，双臂晃了晃倏然停在了空中，胸前渗出了殷红的血。

突然，空中的白鹭鸟尖叫着俯冲下来，一只，两只，三只……伸出尖利的喙向偷猎人啄去。

"啊，我的眼睛看不见了！"一个偷猎人捂住眼睛，在地上翻滚着。

"轰！"又一声枪响，三只白鹭鸟从高空坠落，另一个偷猎人，耳朵流着血扶起同伴，在几十只白鹭鸟的追逐下爬上快艇飞也似的逃了。

绿颈白鹭鸟身上中了数粒铁砂，鲜血染红了洁白的羽毛，它艰难地挪动到女孩身边，哆嗦着站起来，用喙轻轻地碰女孩的手，可女孩静静地躺着，像是睡熟了，胸前已红成一片。

绿颈白鹭哆哆嗦嗦地立起，可，还是倒下了，长长的脖颈紧紧地靠在女孩胸前，闭上了眼睛。

如血残阳斜照在肯纳湖、女孩和绿颈白鹭鸟身上，冷风吹过，飘来白鹭鸟一阵又一阵凄楚的鸣叫声。

医学的奇迹

[美]詹姆斯·赫里欧 著

庞启帆 译

我在街上遇到了安比和它的女主人墨菲太太。一个星期不见,安比又胖多了,说它是一条狗,还不如说它是一头毛茸茸的小猪。

看到我,墨菲太太赶紧说:"布朗先生,见到您真是太好了。您看安比,一点精神也没有,肯定是营养不良。所以每天的正餐后,我就给它吃点零食。其实也没什么,就是一些牛蹄冻、麦芽和鱼肝油,晚上睡觉前再冲一碗牛奶。"

据我所知,只要想吃,安比随时都能吃上它喜欢吃的东西。除了墨菲太太刚才提到的,还有涂满肉酱的薄饼干、软糖、果酱布丁,等等。这么个吃法,小狗能不胖吗?

我笑了笑,说:"您让它多活动了吗?"

"它经常跟我一起散步。还有,晚饭后,我先生都会和它玩扔圈游戏。不过我先生这些天腰痛,所以游戏暂时停止了。"

我清了清嗓子,假装用严肃的语气说道:"墨菲太太,如果您再不狠下心来给它节食,再不让它多运动,它可就真要生病了。"

果然,还没过一个星期,墨菲太太的电话就来了:"哦,布朗先生,安比今天什么东西都不肯吃,连它往日最喜欢的鲍鱼也不吃了。"

我赶到墨菲太太家时,安比正躺在一张毯子上喘着粗气。我知道,要想安比康复唯一的办法就是带它离开主人的家,到我的动物诊所住院两周时间。

听了我的话,墨菲太太差点没晕过去。自从安比进家门后,她就没跟它分开过,她认为如果安比见不到她,肯定会非常难过的。

但为了救安比，我只有这样做。于是，我抱起小狗大步向外走去，对墨菲太太的哭声假装没听见。

回到诊所，我给安比安排了一个木箱当床，上面铺一块松软的布料，与我家的那几条狗睡觉的箱子排成一排。头两天，我什么都不给它吃，只给它喝水。第二天结束的时候，它开始对这个新家产生了兴趣。第三天早上，听到其他的狗在院子里欢叫，它也轻轻地呼叫了起来。

我打开门，安比马上跑出去，闯入了那个正在玩耍的队伍当中。我很高兴，因为安比虽然跑不稳，但身上的肥肉已去掉一些了。

那天中午给狗儿喂食的时候，我的助手像往常一样把狗食倒进它们各自的碗里，狗儿们风一般冲了过来，大口大口吞咽。因为谁要是吃得慢了，食物就有可能被别的狗抢了。但安比只在它们吃完之后，舔了舔一个空碗。然而次日，它也像其他狗儿一样挤过去吃饭了。看见它吧唧吧唧吃得飞快，我高兴极了。

这样，安比就开始康复了。我没有对它实施任何治疗，只是让它跟着其他的狗打闹，玩耍。它越来越活泼的样子让我相信，它从来没这么开心过。

而这些日子，墨菲太太每天都往我的诊所送新鲜的鸡蛋、牛奶、葡萄酒，还有白兰地。当然，这些东西都是给安比的。不过，享用这些东西的不是安比，而是我和我的助手。

两周后，尽管我的助手很不情愿，我还是给墨菲太太打了电话，告诉她安比已经康复，可以出院了。

很快，一辆加长的黑色林肯就停在了我的动物诊所前。墨菲太太嘴唇颤抖着对我说："哦，布朗先生，我的小宝贝真的好了吗？您可不要骗我！"

"是呀，它已经完全康复了。您就在车上等着吧，我去把它抱来。"

我来到后院。在那里，一群狗正在疯跑，打闹。安比正和一条小黑狗扭作一团。两周的时间，我没有给它做任何药物治疗，但它已经完全变了样：肌肉结实，动作灵敏，纵跳能力不知比刚来时强了多少倍。

我抱着它回到诊所前。安比见到它的女主人，猛地挣脱我的怀抱，欢叫着蹿上墨菲太太的膝头，一个劲儿地舔她的脸。墨菲太太激动得直打哆嗦。

车子启动了，墨菲太太从车窗探出头来，眼泪汪汪地说："布朗先生，真是太感谢您了！这是一个医学奇迹！"

小猫史莫奇

[美]潘妮·波特 著

庞启帆 译

第一次见到史莫奇的时候,它正在大火中。那时我和我的三个孩子到小镇外的垃圾场去倾倒垃圾。当我们靠近垃圾坑时,我们听见旁边浓烟滚滚的砾石堆里传来一声声猫的惨叫。

突然,一只被铁丝捆住的、正在燃烧的巨大的硬板纸箱爆炸了。爆炸声夹着尖利的猫叫,我们看见一只小猫火箭般"嗖"地蹿向空中,然后"叭"地落在已经烧成灰烬的垃圾坑里。

"妈咪,救救它!"三岁的杰米喊道,她和六岁的贝基探头看着还在冒烟的垃圾坑。

"它不可能还活着。"十六岁的斯科特说。然而烧得面目全非的小猫奇迹般地站了起来,再挣扎着爬上地面,向我们爬过来。"好吧,我们带它回家!"说着,斯科特蹲下身,用我的大手帕把小猫包裹起来。

回到我们的农场,我的丈夫比尔也刚拖着一身疲惫从外面回来。看到我们的新"客人",他立即皱起了眉头。比尔一点都不喜欢猫。况且,这不是一般的猫,除了那两只大大的眼睛之外,身上没有什么幸存的地方了。

但我和孩子坚决留下了小猫,并且我们坚信它能好转起来。我们给它涂上药膏。三周后,它的尾巴脱落了,全身一根毛也没留下。它也许是世界上最丑陋的小猫。但我和孩子们都很喜欢它。我们把它起名为"史莫奇"。

比尔不喜欢史莫奇,而史莫奇也讨厌比尔。原因是比尔抽烟。当他用打火机点燃香烟时,史莫奇总是十分惊恐,一溜烟跑到屋外。

一段时间后,史莫奇的身体已经全部好转,忍耐力也增强了。比尔抽烟的时候,它躺在沙发上看着他。一天,比尔对我吃吃地笑着说:"讨厌的小猫让我觉得自己像是做错了事。"

慢慢地，比尔成了史莫奇最关心的人，这让我们全家都很奇怪。而且不久之后，我注意到了比尔的变化，那就是他很少在屋里面抽烟了。一个冬日的晚上，我看到了意外的一幕：比尔正坐在火炉前烤火，而史莫奇竟蜷缩在他的膝盖上。我还未开口，比尔尴尬地说道："它可能怕冷。你知道，它没毛了。"但是，我记得史莫奇喜欢冰凉的地方。我知道，比尔开始喜欢这只怪模怪样的小动物了。

史莫奇三岁时，有一天比尔带着它一起去寻找失踪的小牛。找了几个小时之后，比尔下车去查看，车门没有关。牧场很干燥，草儿都已经干枯。一场暴风雨就要来临，还没找到小牛。比尔感到泄气了，随即不假思索地从口袋拿出打火机，旋动火轮打火。一点火星溅到了地上，几秒钟之后干草就燃烧起来了。

惊慌失措中，比尔把小猫抛在了脑后，回到家他才想起小猫。"史莫奇！"他急忙喊道，"它一定跳下车跑了！它回家了没有？"

没有。更糟糕的是，这时外面已经大雨滂沱，我们无法出去寻找它。比尔忧虑万分，不断地自责。第二天我们一整天都在寻找它，但是没有用。两周之后，史莫奇仍然没有回家。我们都绝望了。

紧接着，一场五十年来最强烈的暴风雨袭击了我们地区。清晨，洪水蔓延几英里。比尔和斯科特在深至膝盖的水中涉水而行，把叫个不停的小牛犊转移到安全的地方。

我和杰米正目不转睛地望着这一切，突然杰米喊道："爸爸，那边有只小兔，你能救救它吗？"

比尔涉水走到那只动物趴着的地方。靠近那个小家伙时，比尔失声喊道："是史莫奇！"

当可怜的小猫爬上比尔的手掌时，我的鼻子一酸，眼泪忍不住流了出来。

史莫奇又回家了。但是，史莫奇从未真正强壮起来。在它四岁的一天早上，我们发现它软绵绵地躺在比尔的椅子上，心脏已经停止跳动。

埋葬史莫奇后，我在日记中写道：史莫奇教我们学会了信任、友爱，让我们懂得了面对不可能的逆境时也不要失去希望。它提醒我们，不是外在的事物，而是我们内心深处的某种东西起决定作用。对我来说，它永远是世界上最漂亮的小猫。

义 犬

　　狗是最有灵性的动物。年轻的时候,我也喜欢养狗,养过许多条狗。但唯有那条被我叫作豆豆的狗,几十年过去了,我一直记忆犹新。有时想起来,差不多忘了它是一条狗,而好像是我的兄弟、我的好朋友。

　　父亲是信阳车站的列车员。有一年冬天,他回老家黄泥湾,从我舅舅家里抱回来一只小狗娃。那是一只浑身淡黄的牧羊犬,一到家,就认准我是它的小主人,一天到晚摇着毛茸茸的小尾巴颠儿颠儿地跟着我。我喜欢它这小能豆的样儿,就叫它"豆豆"。

　　豆豆还真争气,啥事儿都想学,一学就会。它见我嗑瓜子,就趴在我的脚边,两只前腿支着脑袋,目不转睛地盯着我。我给它几个瓜子,它囫囵着嚼碎了。我一个接一个吐瓜子壳,过一会儿,它也吐出完整的瓜子壳——它竟学会了嗑瓜子。后来,它又学会了啃甘蔗、吸烟,学会了打滚、作揖、辨认我和父亲的拖鞋。

　　有一阵子,父亲跑货运,站站都停。星期天没事儿,我就带着豆豆跟父亲跑车。放假的时候,我们还跟着跑长途呢。北到新乡,南到衡阳,我们都跑过。去的时候,每到一站,我都带豆豆下去溜达,让它熟悉环境。回的时候,我把豆豆赶下车,让它一站一站撵火车。豆豆大站、小站经过上百个,从未延误一次,总是在卸货装货间隙撵上我们。

　　父亲年纪大了,不跑车了,做了扳道工。每逢父亲值夜班,豆豆总是将他送到扳道房。只有父亲对它说,我挺好的,你回去吧,它才摇摇尾巴跑回来。父亲喜好京戏,夜晚不值班,都要到天升舞台看赵虹珠的演出。回来的路上,还陶醉在戏里,用巴掌打着板,眯缝着眼睛,哼着戏文。走着走着,一只黑狗瞅冷子咬了他一口。正好豆豆来接他,见状,扑过去一场大战,咬得黑狗无处躲,哀叫着钻进了人家的鸡窝。

那年冬天,父亲身体不适,回黄泥湾养病,竟一病不起。豆豆跟着回到老家。父亲去世了,豆豆不吃不喝,死死地伏在灵柩前,一个劲儿地哀嚎,还流着泪水。出殡的时候,豆豆耷拉着头,夹着尾巴,跟在送葬的人群里,无精打采地走着。安葬了父亲,我磕了头,准备回去。豆豆却卧于墓侧,一动不动。我唤它,它置之不理。我只好强行将它抱回去。下午,豆豆不见了,一直找不到它。第三天,我去给父亲圆坟,发现豆豆偎在坟头上,饿得奄奄一息。我急忙拿出一些祭奠父亲的食品,先喂了豆豆。我想,如果父亲九泉之下有知,也必然会赞许的。

父亲去世后不久,我和妻子调到湖北广水工作。我们把母亲也接过去了。可是,没想到她们婆媳不和,母亲住了一段时间,坚决要回信阳。母亲走后,豆豆在广水天天不安分地叫唤,闹得人心烦。我生气了,告诉它,我知道你想老太太了。你要有本事,你自己回去吧。豆豆听我这样说,真的回去了。

1957年,我被划为"右派",开除公职,发配到漯河劳动改造。妻子也和我离了婚,从此下落不明。我们结婚不到一年,妻子即将生育。她带着肚里的孩子和我一刀两断,我如万箭穿心,死的念头都有。要不是考虑老母亲,我还有什么活头。

不久,赶上"大跃进",全国刮起浮夸风。母亲每月只有二十三斤粮食,还要养活豆豆,艰难不言而喻。为了杜绝人狗争粮,政府号召打狗。后来我听母亲说,豆豆在这次轰轰烈烈的"打狗运动"中险遭不测。有一次豆豆回来,脖子上拖着细铁丝,满嘴是血,一看就知道是被人套住又挣脱的。打狗的风声越来越紧,母亲隐瞒不下去了,天黑的时候,做了一盆饭,让豆豆饱餐一顿,含泪抚摸着它的脑袋,劝它说,这儿太危险了,你回老家逃生去吧。豆豆头枕门槛,呜呜叫着,舍不得走。母亲又劝它,你趁黑走吧。豆豆快快地走出大门,又回头看了一眼,径直走了。

豆豆居然跑到漯河,找到"右派"劳改大队,找到我。看着豆豆瘦得皮包骨头,一身脏毛胡乱翻卷着,浑身伤痕累累,我知道它一路上肯定险象环生,九死一生。豆豆乖乖地蹲在我的面前,满脸重逢的喜悦。它的喜悦是宁静无声的——它已经没有力气了。可是,我自己尚朝不保夕,岂能照料得了它?只能偷偷省下一顿饭,悄悄喂了它,又温言相劝,把它劝走了。

从那以后,我再也没见过豆豆。豆豆啊豆豆,你在哪里安身立命呢?

几年以后,我获得了自由,回到信阳,和母亲团聚了。我回老家给父亲扫墓,看到父亲墓上杂木丛生,野草葳蕤,不禁百感交集。父亲去世时,我还是青春鲜活,转眼间,岁月已把我折磨成饱经沧桑的汉子了。我摸了摸满腮粗硬的胡子,悲从中来。

　　好不容易收了泪,我突然发现,墓地一侧,有一片野草分外茂盛,草色比周围也深得多,几近于黑。

　　这是怎么一回事儿呢?

　　我询问附近一个放牛的老汉,老汉说,几年前,不知打什么地方来了一条野狗,浑身脏得都看不出毛色,偎在坟边便不走了。没过几天就饿死在了坟旁。

　　我听了,泪如泉涌。天啊,这不正是我的豆豆吗? 我的至诚至信的豆豆哟……

不放弃的鹅

张爱国

初三那年暑假的一天中午,母亲叫我去喂鹅。

我端着一盆稻谷来到鹅笼边,将鹅群放出来,又将稻谷倒在一棵大树下,然后坐到另一棵树下,等着它们吃完后再关进笼。

天很热,鹅们虽然很饿,但更渴,因此只狼吞虎咽了几口就开始三三两两地向百米外的池塘跑去。很快,刚刚还喧闹的大树下,只剩下一只身体比其他鹅都要瘦小的灰尾巴鹅在急慌慌地吃着。我这才想起,刚才别的鹅都在埋头吃食时,就这只"灰尾巴"不太认真:左挤挤这个,右摆摆那个,头还不断地推着别的鹅——似乎在它看来这稻谷是它一个的,别的鹅都不应该吃。现在,别的鹅都走了,它才安静地开始吃起来。

天实在太热,"灰尾巴"还没吃上几口就受不住了,赶紧啄上一口稻谷,一边往池塘走,一边眼睛往后瞥着稻谷和我——那样子,仿佛我会抢食它的稻谷。

我自然不会抢食,但抢食者还真的就有——"灰尾巴"才走出二三十米,不知从哪里跑出几只鸡,贼一般地啄食起稻谷。"灰尾巴"见了,"嘎"一声叫,就伸直它的长脖子回来驱赶。鸡显然不是鹅的对手,"灰尾巴"的长脖子还没到,几只鸡就"咯咯咯"地跑开了。"灰尾巴"没有追赶,只昂首挺胸地围着地上的稻谷兜了一个圈子,再啄一口稻谷,然后一边梗着脖子吞咽,一边慌忙地向池塘走去,但眼睛依然向身后瞥着。

"灰尾巴"一走开,那几只鸡又跑了过来。"灰尾巴"立即掉过头,"嘎嘎嘎"大叫着又来驱赶。可不待它来到近旁,鸡们又跑开了。"灰尾巴"仿佛有些生气,伸着长脖子将那只最后跑开的鸡追赶了几米,然后回到稻谷边,像上次一样,耀武扬威地绕上一圈,又啄一口稻谷就向池塘跑去。

空气中没有一丝风，仿佛随时都能燃烧起来。"灰尾巴"太热太渴了，一边跑一边梗着长长的脖子，吞咽了好几次才将嘴里的稻谷咽进嗉囊里——它大概连润喉的涎水都没有了吧。可是它还是警惕地瞥着身后。

去喝水的鹅有的开始往回走了，"灰尾巴"似乎更焦急了，然而那几只强盗一般的鸡又来了。"灰尾巴"本能地掉过头，但没有立即来追赶，而是站在那里，高昂着头，大叫着，那意思分明是在警告那几只鸡。只是那几只鸡对此置若罔闻，不仅啄食着稻谷，还用爪子肆无忌惮地抓刨起来。"灰尾巴"看不下去了，气喘吁吁地又追了过来。

"灰尾巴"这次真的生气了，跟着一只鸡追了很远，直到那只鸡飞上一个墙头，它才不得不干叫了几声，垂头丧气地跑回来。这次，"灰尾巴"没有绕着稻谷兜圈子，也没有再啄一口稻谷，而是急切地向池塘跑去。

"灰尾巴"刚跑出几步，就遇上一只喝水回来的鹅。那只鹅绕过"灰尾巴"，径直跑到大树下，大口大口地吃起来。"灰尾巴"瞥见了，似乎很不服气，也跑回来吃。

当"灰尾巴"将一口稻谷吞了好几次也吞不下的时候，就含着稻谷来阻挡那只鹅。可是任凭它怎么努力，那只鹅都照吃不误——"灰尾巴"的身体本来就最小，现在又如此饥渴劳累，当然阻挡不了了。"灰尾巴"急得"嘎嘎嘎"乱叫——它的叫声已微弱了许多。更要命的是，其他鹅也陆续回来了，"灰尾巴"叫着，左边挡这只，右边阻那只……

树上的知了在歇斯底里地叫着，"灰尾巴"也在歇斯底里地努力着。

终于，其他鹅吃光了稻谷，一窝蜂地又向池塘跑去。"灰尾巴"筋疲力尽地在一片狼藉的地上左看右看，当它再也找不到一粒稻谷的时候，才不情愿地蹒跚地向池塘走去。

母亲来的时候，我正在看着走两步就停三步的"灰尾巴"笑着。母亲也笑了，说我不该眼睁着让"灰尾巴"弄到这种地步："这只鹅最贪，总是把自己折腾成这样子。不然，别的鹅都那么大了，它怎么还这么瘦小呢。"

母亲说着就走过去，抱起已经瘫在地上的"灰尾巴"，走向池塘……

麋鹿安亚尔

张爱国

生活在美国黄石国家公园的众多野生动物中,有灰狼和麋鹿这对冤家对头。

之所以说它们是冤家对头,是因为麋鹿不仅是灰狼的天然美味,有时也是灰狼生命的终结者——很多灰狼在捕杀麋鹿时却死在麋鹿的角上。

安亚尔是一只未成年的雄性麋鹿,它出生时母亲就死了,是黄石公园的志愿者将它养大的。上星期,志愿者觉得它能够独立生活了,于是将它放了出来,并有意识地让它跟着奥普——一只身材高大的成年雄性麋鹿。

这天傍晚,安亚尔和奥普在红霞铺满水面的河边吃草,一只灰狼从不远处的草丛中悄悄地向这边接近。安亚尔首先发现了敌情,它一声惊叫就撒开蹄子逃跑起来。奥普也急忙抬起头来,在作势要逃跑的同时又不由得向敌人的方向看去。当奥普看清了来犯之敌时,竟然收起逃跑的脚步,停下,继续啃草了。

灰狼发现偷袭的阴谋败露后就干脆跳了出来,堂而皇之地追赶过来。它原本要追捕安亚尔,但见到奥普停下,就转而追向奥普。可是令这只年轻的灰狼没想到的是,等它跑到奥普近前正准备扑上去的时候,一直低头啃草的奥普冷不防猛地一扬头,于是那对树枝状的角就准而狠地挑上了它的腹部。灰狼一声惨叫,奥普再猛一甩头,"啪"一声,灰狼被摔到了十米开外的地方。

奥普继续低头吃草。灰狼却在地上哀嚎着挣扎了几下就不动了——这只也是由人工养大的狼,不知道自己作为一只未成年狼根本就不是成年雄鹿的对手的常识,更不知道雄鹿奥普在与灰狼长期的周旋过程中早已练就了"知己知彼"的能耐。

已经站在百米开外一个高坡上的安亚尔看到了这场短暂却惊心动魄的战斗,当它确定灰狼再不会对它构成威胁的时候,跑了回来。安亚尔首先来到灰狼旁边,昂首挺胸,跳着,叫着,再用它那还没有完全长成的角挑弄着敌人还在流血的尸体。然后,安亚尔又跑向奥普,嘴贴着奥普的嘴,发出欢快的叫声——它一定在把最美好的赞词送给它的英雄吧。

几天后,安亚尔和奥普在吃草时,又一只灰狼来了。安亚尔见了,虽然一开始还是本能地要逃跑,但当它看到奥普没有动的时候,也停了下来,站到奥普身后。这是一只即将成年的雄性灰狼,它在距离奥普还有三四米的地方停住了,张开大嘴,向着奥普嗥叫——似乎,它觉得自己不是对方的对手,希望用这种方式战胜对手。可是奥普依然漫不经心地啃着草,不时地抬头向灰狼摆动着它那对威风凛凛的树枝状的角。

见奥普不为所动,灰狼就要绕过奥普去猎杀安亚尔,可是任凭它怎么努力,奥普都像一座移动的山一样挡在它的面前。

如此僵持了近半个小时,奥普不耐烦了,抢起它的角就冲向灰狼——灰狼终于以这种不光彩的方式灰溜溜地逃跑了。

安亚尔对奥普更加崇拜了。

这天,是奥普首先发现了又一只灰狼来袭,可是它没有像前两次那样继续吃草,而是一声惊叫就撒腿逃跑,边跑还边向身旁的安亚尔发出急切的呼唤。安亚尔呢?在短暂的惊恐中跑出了几步,却突然停了下来——我们无法知道安亚尔此时的心理——难道它认为它的偶像奥普是在和它做游戏或者在教它本领吗?总之,它停了下来,像上次奥普那样,低下头继续吃草,又像奥普那样,向着飞奔而来的灰狼——一只成年大灰狼,摆动着它的角——那还没有成熟的角!

大灰狼不由得停下了脚步,它仿佛被安亚尔的气势镇住了。安亚尔又低头吃一口草,接着扬起它那没有成熟的角,昂首挺胸,迎上大灰狼……

忽然,大灰狼一声嗥叫,扑向安亚尔……

可怜的安亚尔,至死大概也不知道:为什么奥普可以做的事自己就不可以做呢?

母黄羊之死

[蒙古]策·罗岱丹巴 著

照日格图 译

　　春天的太阳已经升高了,周围还笼罩着薄雾,草原上的一切都显得朦朦胧胧。

　　一只母黄羊带着它刚出生不久的小黄羊向东边的榆树林走去。

　　小黄羊陶醉于自己的游戏,大大方方地活跃在属于它的一方天地里。母黄羊却竖起耳朵,警觉地聆听着周围细小的动静。

　　或许已经吃够了母亲的乳汁,或许它娇嫩的身体在刚才的游戏中疲惫了,或许只是在遵循千万年来的生活习惯,片刻的嬉闹后小黄羊钻进榆树丛中美美地睡了起来。

　　母黄羊开始吃草。如果有什么意外发生,母黄羊会用自己矫健的步伐带走靠近它孩子的危险,然后用化险为夷的快乐把自己的奶汁献给它的孩子。孩子入睡后,母黄羊会在孩子的周围尽情地欢跃。如果对舞蹈有天分的人看了它完美的动作,那必然会成为他艺术的源泉。

　　一条路从母黄羊身边伸向远方。一辆轿车扬起漫天的灰尘向母黄羊这边驶来,车内弥漫着酒气与烟雾。除了副驾其他人都已经酩酊大醉了。

　　如果那个人没有点烟,或许这场灾难不会来临。可他却偏偏点了烟,并用眼角的余光看见了不远处的黄羊。

　　"看!黄羊!"他大叫。

　　"哪里?"车内的几个人突然有了精神。

　　"那是一个母黄羊,一定带着小黄羊,而且现在是禁猎期……"那个副驾说。

　　"这些跟正在旅游的我们无关,伙计们,准备好了?"其中一个人喊道。

他们迅速驱车驶向了母黄羊。

"快,快,追上!"他们喊。母黄羊想到了自己的孩子。这一次,它只能向草原深处跑去,因为,山那边睡着它的孩子。

一支枪从车窗内伸了出来。

母黄羊始终都相信自己的速度。但这次追它的是不知疲倦的汽车。可怜的黄羊无法知道这些,它只感觉到身后的猛兽离自己越来越近。

那口枪终于响起来了。子弹落在母黄羊的周围。它美丽的耳朵已经没有再竖起来的力气了。

"小东西,动作还很敏捷哦。又打空了,你把车开稳一点儿!"这样的埋怨声从车窗内传出,如一种不祥的征兆。

副驾并没有说什么。"这可怜的动物,遭遇了怎样的不幸啊。"他默默地想。

如果这一段时间是车内人们短暂的欢乐时光,那它成了决定母黄羊生与死的关键时刻。如果它跑向了自己熟悉的山区,或许它可以躲过此难,但展现在它眼前的是广阔无垠的草原,碧绿到天边。没有人知道母黄羊跑了多少公里,也没有人知道那支枪几次射向了这美丽的生灵。母黄羊的耳朵渐渐软了下去,它紧紧夹住了尾巴。粉红的血顺着它受伤的后腿流了下来。如果是来自大自然的天敌,那母黄羊一定有自己的逃避方式,但这一次,生育过几次后代的它也没有生还的可能。

"还有子弹没了?"车内有人在喊。最后那万恶的枪口从车窗缩了回去。

"撞死它!"司机开始加速度。

如果这次能顺利逃脱,那它一定会亲切地闻一闻小黄羊娇嫩的身体,用自己的眼神告诉它这个世界的危险。但是现在的母黄羊已经变得浑身无力,四条腿也慢慢软了下去。

车停了。几个汉子狂笑着下了车。如果是公黄羊,那么它一定会在那里变成那些人的囊中之物,但是它是母黄羊,它没有理由就这样死去。它再一次挣扎着站了起来,并用浑身的力气开始小跑。后面的人试图追上它,但未能如愿。他们谩骂着上了车。

母黄羊再一次软了下去。车轮重重地从它身上碾了过去。车停了,那几个汉子笑得更猛了。他们感叹着自己这样或那样的能力。母黄羊的身子微微颤动了一下,眼神始终盯着小黄羊安睡的方向,然后眼神暗淡了下去。

"没命了!"一个人说,并拿出零食塞进了嘴里。

　　微黄的乳汁从母黄羊的身体里流淌出来，又消失在沙地上。司机踢翻了母黄羊的尸体，说："走吧，走吧，春天的瘦黄羊有什么好看的，如果是秋天，我们还可以吃几口肉。车里还有酒吗？"他问。

　　"就剩半瓶了！"另一个回答，"你的枪法可真准！"

　　"今天可有的聊了。"他们狂笑着。

　　弥漫的灰尘中，车驶向了远方。

　　太阳已升到中天，火辣辣地照在母黄羊的尸体上。天空依然蔚蓝，万籁俱寂。从天边缓缓向母黄羊飞来的大雕又无声地冲毁了这刹那间的安静……

克拉克山羊

马 卫

岩宝寨是个自然村,离六合行政村村部极远,有差不多半天的路,离黄安坝草场极近,也是半天的路,翻过大梁就是陕西了。

退耕还林后,那儿只剩一家人了,只有一户叫李国全的,死活不迁。

不迁也没有法,于是这个自然村就他一户,就他一人。他是个四十多的老光棍。不是他不想娶妻生子,而是没有人愿意嫁给他。以前有个陕西过来的有精神病的女人和他好了几个月,结果跑得没有踪影。

李国全还是很自豪,因为大家都走了,他一个人,就是村长了。他也不种什么地,朝天撒一把籽,能收多少是多少。他没有心思种粮,因为他还有十几只羊。

羊是板角山羊,是大巴山的土种,长得极慢。按说,一个大男人,怎么说也不会成为贫困户。但是李国全穷,因为他差不多的时间吃了睡,睡了吃。他喂的羊也不见出售过,全都成了他的下酒菜。他下一次六合村部小商店,就是去那儿买一桶酒,钱也是赊着。年终了上级一般会来慰问一次,发点现钱让这些穷人家过年。这钱就成了酒钱。

这年,上级不发钱了,因为经过近五年的扶贫,剩下没有脱贫的极少,还总结出发现钱不是个办法,不能从根本上解决问题。要治根,最好的办法是给每个扶贫对象找个挣钱的项目,从此走上致富的正轨,这叫开发性扶贫。

上级根据李国全的情况,最适合的是养克拉克山羊。

克拉克山羊是从澳大利亚引进的良种,它的价值绝不是板角山羊能比的。来扶贫的县扶贫办眼镜小刘讲,这羊的肉有防癌作用,肉质肥而不腻,毛密而皮有韧性。在市场上每斤克拉克山羊的售价是板角山羊的五倍。

现在从澳大利亚引进一头母羊,一头公羊,价值在一千元左右。当然这是六斤重的幼羊。一旦长大，一只在两千元左右。因为是引进的品种，很珍贵的。现在给李国全一头克拉克公羊，一头母羊，如果他喂到两羊成年了，能交配了，下了羊崽，再出售，李国全就能脱贫了。

小刘还说，这羊都是打了预防针的，只需要在饲养上认真一点就行。

小刘的话说得在场人无不激动。那些没有得到这种羊的，都眼热得不得了。他们对李国全说：第一次下仔，得给谁谁留着，要不先给钱也行。在这偏远的大巴山区，找个致富的项目不容易呵，交通闭塞，商品化程度低。李国全真是懒人有懒福呵。

李国全只是呵呵地笑道："谁叫你们有老婆呢？要不你把你老婆给我，我把克拉克山羊给你！"

听的人于是笑骂："你个龟儿子想得美，要老婆，你找只母羊交配！"

岩宝寨其实是好地方，那儿草多，树多，水多。就是山大，坡陡，行路难。但是再难还是要去的，眼镜小刘是第二年的夏天来的，计算李国全的克拉克山羊起码有一岁半了，能生育的也应有两抱了。他不是万元户，也应是脱贫户。因此，他约上乡里的驻村干部，带上干粮，一起到岩宝寨去看看县上的定点扶贫户李国全。

一路好风景哟，正是八月，草青，树青，果挂枝头，野花飘香。有野蜂飞过，有山雀飞过。它们似乎不避人，该叫的叫，该唱的唱。眼镜小刘心情很好，用相机拍个不停。这么美的风景，为什么还穷呢？山青水秀人勤，怎么做也能过上好日子呵。

终于到了李国全家，他还在睡觉呢。

从睡梦中醒来，李国全道："这狗日的天，咋就中午了呢？"

见有眼镜小刘在一起，心里一下紧张起来。乡干部和小刘都感觉到了李国全的脸色变化。于是小刘道："你的克拉克山羊呢？"

李国全嗫嚅半天才道："死了。"

"死了？怎么死的？"小刘不相信，因为这种羊很容易养活。而且这些进口羊，都是打了各种预防针的，不容易得病。

还是乡干部有经验，开口就骂："你个狗日的李国全，是不是你把羊杀来吃了？"

李国全的脑壳简单，这一诈就承认了。"都怪你们呵，你们说那羊这样好，那样好，反正长大了给别人也是吃，我就吃不得吗？还别说，那羊肉真的比板角山羊肉好吃！"

小刘和乡干部哭笑不得。

李国全仍旧在岩宝寨生活,放他的羊。直到有一天,澳大利亚派人跟踪调查克拉克山羊在中国的饲养情况,乡上才又想起还有这么一个人来。于是派人去找他,李国全以为是来抓他,就跑到山梁那边去了。

从此,这个乡消灭了最后一个贫困户。在统计上报脱贫原因时,上面写的是:引进澳大利亚克拉克山羊。

据说,在陕南,李国全给人家放羊,供吃管住。

撵山狗

石建希

俗谚:月亮是狼的天神,人是狗的天神。

西河山多,山上是厚厚的毯子样的树林子,林子里多的是野兔、野鸡、野猪等走兽飞禽。西河的狗也多,但能撵山逐猎的猎狗,西河人叫撵山狗的宝贝很少。

撵山是肚子胀饱了的时候拿来耍的闲事,西河山上的老乡是不兴撵山的。撵山,撵山,那是要在山上追着跑的事情,除了人要累得,还得有条顶呱呱的猎狗。

西河最有名的撵山狗得数村上学校老万的那条赛虎。好在哪里? 懂狗性的人看狗,是琢磨狗的站姿身架,这赛虎往地里一站,前脚自然岔开,后腿紧夹,一副跃跃欲试的样子,就是不懂狗的人一看赛虎,也知道是个厉害的角色。别看赛虎还没有一般的看家狗身架子大,但哑口无声中,精瘦干练的身体往外涌着一股无形的杀气,连耳朵都笔直地立着,连一点折都不打。

赛虎不是西河的土产,是老万从大凉山的卫星基地带回来的猎狗。大凉山里能驱狼放牧的猎狗多啊。

赛虎的成名一猎,是一夜之间拿住了五只兔子。那时,老万已经是村上学校的负责人了。暑期的天正热,老万就牵着赛虎进了山,倒不是贪图夜里的山上天气凉爽,实在是老万摸着猎枪就有热血在身上奔涌。

赛虎很会撵骚。西河人用山上野物身上发出的独有的骚臭味代替野物,大的野兽叫大骚,小的野兽叫小骚。猎狗的好劣全在一张鼻子上,乱草中荆棘里,哪是野兔来回的道,哪是野猪的窝,全在猎狗的鼻子下。

老万嘴唇一喝,赛虎就像一道黑色闪电刺进夜幕里树林中去了,悄无声息。

不一阵儿就听见草丛里传来一阵乱响，接着南山坡下传来赛虎响亮的叫声。赛虎已经撵上骚了。老万冲过去，上山野猪下坡兔，那可是打猎的好机会。浅浅的月色下，赛虎把一窝野兔逼在了坡上。老万抬手就是一枪，枪响弹落，一团铁砂就罩住了一只肥大的野兔，枪声之中，赛虎应声跃起，扑向另一只野兔，野兔已经在地上转了一个身，射向旁边一个草丛，赛虎在空中一扭身子，张开白森森的牙齿，径直落入草丛，那野兔已经隐入草丛，只留下一线脊背在草外面，赛虎的牙齿就在那唯一露出的兔颈上咬了一口，野兔立时触电一般倒下，赛虎刹不住身影，直接从草丛中滚了出去。等到老万把两只野兔拎起来，赛虎回来了，嘴里还叼着一只灰色野兔。

老万捧起赛虎的脚，看看有没有荆棘陷在里面。老万马上剖了一只野兔，就是自己猎枪打下的那只，把兔子的心肺内脏喂了赛虎。

那天，赛虎打回来五只野兔，正好和村上学校的老师人数相同。大热的夏秋之际，老万就办了一次兔子宴，请老师吃饭。

老万喂了赛虎回来，正听见灶房里两个年轻教师对肉的赞美。能不赞美吗？已经快有三个月没发工资了，总不能老是指望着从家里舀粮食来。

风卷残云般解决了桌上的兔子。老万有些愧疚，自己这个负责人没有负起责呢，老万有些担心，养不起生活，这学校留不住年轻人啊。老万拍着胸口说，开校就发工资，欠多少，发多少。

新学期一开校，老万用收上来的学费给村上学校的教师发了工资。老万知道，截留挪用学费后果是很严重的，但真没人想到县教委新来的领导正根据上级的指示解决拖欠教师工资的问题。

老万当时被免予处分，这一学期结束后，老万调到镇上学校当了主任。

回过来说赛虎。赛虎打过最大的猎物是一只百十来斤的野猪。那时，老万已经是镇上学校的负责人了。老万发现伯乐了，发展了。

那天，老万去县上伯乐家串门子。亲戚，亲戚，都是常常走动才亲热哦。在伯乐家里，老万知道了野物的种种好处，特别是野猪油的妙用。

野猪有长长的尖利的獠牙。一猪二熊三豹子。是猎狗都知道的，发狂的野猪赛过狼。

赛虎把那只比自己重三四倍的野猪堵在了山口上。那只野猪还在很惬意地啃着玉米棒子，香甜的玉米浆顺着粗糙的嘴巴往下直淌。

老万冲着野猪搂了一火。野猪往后矬了矬身子，玉米棒子也被打飞了，野猪很生气，一撩獠牙撞了过来。从那个状况看来，后果会很严重。

赛虎狂吠着从斜刺里冲了过去，拦住了直是哼哼的野猪。野猪一甩头，獠牙挑在赛虎前脚上，赛虎一声嘶鸣，在空中划出一条黑色的弧线飞了过去。

野猪继续往前冲，赛虎蜷着一条腿又跃了过来，和野猪撕扯在了一起。老万装好火药，距离也近了，老万狠狠一扣扳机，野猪倒下了，正和野猪撕扯的赛虎也重重地倒下了。

老万在痛心中感到了成功的快乐，这才叫痛快。

老万拱着整只野猪马上就去了伯乐家串门子。

赛虎跛着脚走回犬舍，等着老万回来。

老万看着赛虎躺在犬舍里可怜地呻吟，心中有些不忍，可是再一看赛虎那眼神，很冷，就不禁打了一个酒嗝，看来是陪伯乐喝多了。也是哦，哪次没有陪伯乐要好，喝好？老万一想就忍不住笑了，他使劲一挥手，就像对全校的老师训话："你再看，你再看，你还不是一条狗？狗眼看人低啊？啊，凡事，啊，所有事情的关键是看值不值！"

缓过来的赛虎落下了一个毛病。每逢枪响，总要支起耳朵愣一下，然后才往前扑，这时那猎物可早就跑喽。

赛虎不行喽。反正老万现在很忙，忙得不大回屋了。撵山更没有时间了，要吃啥超市里买不到？

赛虎后来死了，屙肚子屙的。老万发现的时候，赛虎已经僵硬了，望着赛虎啃剩的半根腊肉骨头，老万纳闷：是谁送来的腊肉？他妈的，怎么忘了这狗不是人，人吃了盐变得聪明，这狗吃了盐，怎么会不坏肚子呢？

赛 虎

石建希

一夜无声,天明的时候,赛虎知道自己随了老叶。

一夜之前,赛虎还是厂里电影院的看门狗。这十里八乡唯一的一个电影院,唯一的一条据说有德国血统的狼狗,那就是打眼,看见赛虎就会想起电影院。

还是在一夜之前,电影院改制了。人啊,物啊,能分出去流出去的都办了,有些东西,比如烂椅子派不上用场,那就扔了呗。赛虎也派不上用场。你想啊,现在的狗还要年检,上狗牌照,打预防针,像养车一样烦人。最紧要的还得提防伤人。别说张口了,就伸伸那半尺长的血红舌头,那些老在街上晃荡的二杆子都得背心凉,还得每天用红色的肉侍候着,这玩意儿有狼性,胃口好,快顶上一个壮劳力的吃食了。

那年,市上川剧团来演出,有二杆子半夜爬墙来看女演员洗澡。那角儿可是演《红灯记》的李雪梅的,这就是政治事件了。后来破了案,抓住人,判刑,不提了。

赛虎就来了电影院,没想到还有今天。

没人要,也无处送,有人就打起了狗肉的主意,想看看这德国狗儿是个啥味。也是天意,在这当口,老叶来了。

老叶和电影院有缘(不知道是孽缘还是善缘)。电影院没了,老叶不高兴。早些年,老叶就喜欢帮人买电影票,送个关系啥的,这是西河人都知道的事儿。老叶帮人买了小半辈子电影票,说了半辈子弯腰话,贪了大半辈子轻闲。

老叶把赛虎领回去了,正好陪着老叶遛腿。

老叶为啥要遛腿?是身体有病。医生说,老叶心气郁结,闷出病来了。

大家都不信,就老叶那整天屁颠屁颠的一脸烂笑,还会郁结?

老叶牵着赛虎往广场上一走,全是惊异的目光,就看那绅士样的赛虎呢。赛虎从不高声喧哗,总是挺着腰,昂着头,披着黑缎子样的毛衣,跟着老叶。

老叶开始驯赛虎。老叶穿上了迷彩服。老叶戴上了鸭舌帽。老叶拎起了鞭子。老叶脸上没有了笑容。

看过老叶驯狗的人都知道,老叶点子多。老叶弄来一辆摩托,骑在上面把油门轰得震天响,让赛虎跟着在跑道上撵,累得来赛虎直吐舌条,才停下来,这是热身运动。

老叶棒子样立着,将鞭子往地下一指,坐! 赛虎就跑过来坐下。老叶走着,口里吹着口哨,穿! 赛虎就在老叶的胯间穿来绕去。老叶把鞭子一扔,捡! 赛虎就箭一般射出去,把老叶的东西叼回来。最绝的是,老叶看人多了,就用手往自己的摩托车一挥,守! 赛虎就冲过去,用两只前爪摁住摩托的扶手,上半身伏在油缸上,就像老叶骑着的样子,惹得周围的人哈哈大笑,都说赛虎会来事,比现在的孩子还省心。

好似这赛虎不是狼狗,是只驯服的小猫。

老叶还是时不时用手中皮带抽赛虎的背,听着它哼哼,看着那缎子样的皮毛翻起来,老叶心里来劲,可是脸还是沉着。老叶知道,这才是一个领导的样子。

老叶的身体居然好了起来。

可是,赛虎再听话那也是条牲口,有时一看老叶和旁边的人聊天就围着一只白色的狮子狗打转,白狮子的主人在那边的坝坝舞场上跳迪斯科呢。有人说,赛虎这是老不死心,是起性了。

老叶啐了一口,没有规矩,还反了不成? 我看这狮子狗太妖艳了,不成。老叶一看赛虎的眼睛往那边一跑,立马就赏它一顿鞭子。

春去秋来,赛虎就这样熬着。可是别的狗它不熬啊,眼看着狮子狗就要当妈了。

赛虎熬不住了。那天,天色快黑了,赛虎趁着老叶一转眼的工夫,就和那只白色的狮子狗缠上了,周围的人全笑了,老叶很生气,感到自己很没有面子,就挥舞着鞭子冲了过去,周围的人也一块哄笑着往前撵,赛虎一看那阵仗,扭头就跑,它越跑,老叶越生气,鞭子舞得越高,赛虎跑得越快,一直被撵到了广场旁边的高楼上。

赛虎一直跑,跑到楼边上,双腿轻轻一抬,就越过了人胸口高的女儿墙,射向了茫茫夜空。大家都知道,赛虎是有意自杀的了。当时天已经有些晚了,可月亮已经上来了,路灯的光还亮,在场的人都看见赛虎划出了一条几十米长的高空弧线,落到了坚硬的水泥地面上,发出了沉闷的钝响。那条黑色弧线就像一把刀子,劈空一下就把人的胸膛豁开了,热辣辣地喊疼。接着就是坟墓一样的长时间的荒寒寂静。

老叶的腰杆立时一弯,以前那习惯的一脸烂笑就溜了出来,老叶不知道,其实自己的笑容很难看。当时他只是一个劲头地想:赛虎一定是发疯了,幸好没有去咬人。哎呀,这狗驯得再好,那还是一条狗啊,怎么可以和人相比啊!

鸟 吟

王明新

　　终于盼到了这一天。

　　最后一批民工撤离海滩的时候，杨大脚磨磨蹭蹭，趁人不注意溜进了用苇秆围成的厕所，后来人声远了，车声也远了，他钻出厕所，脸上露出诡秘的一笑。杨大脚钻进窝棚，把草草打好的行李卷拆开，将许多人睡过的草拢到一起，把行李铺开，席梦思般地躺上去，美美地睡了一觉。后来醒了，饿了就啃馒头，渴了就去外面弄点凉水喝，这样一直挨到天黑。

　　没想到因为喝了生水，杨大脚一夜拉了好几次肚子，今早起来两腿酸酸的，软软的，杨大脚嘴里一边说着倒霉，一边穿好衣服，把行李捆起来，之后点燃一根烟吸，眼睛瞅着外边的那条小路，在早晨的薄雾里那条小路时隐时现。

　　早晨来接班的时候，采油女工春燕忽然觉得什么地方不对，海滩上是那么安静，安静得就像一个人走在月球上，对，是少了那些民工，那些修路筑海堤的民工。略感不适之后，春燕很快就调整好了自己。前几天，春燕给在职大上学的明子去信，说自己春节要留在采油队值班，明子很快就回了信，他说最后一个假期要到队上过，一是看看师傅们，毕竟在这里工作了五六年，第二嘛当然是春燕在这里，他们已经好几个月没见面了，明子说"我好想好想那个头上扎着马尾巴，一笑脸上两个酒窝的女孩"，看到这里春燕的脸红了一下。春燕与明子是采油技校的同班同学，毕业后又分到同一个采油队，后来明子考上了职大，明年夏天就毕业了。明子说"一毕业我们就结婚，白天黑夜都牢牢地守着你，看到时候还想不想"，看到这里春燕的脸又红了一下。

　　春燕是从背后被扑倒的，她倒下的时候面部朝下，手中两只取油样的桶飞了出去。扑倒她的那个物体压在她背上，春燕听见那个物体在她背上喘息了一会儿，然后将她的身体翻了过来。春燕看清了，扑倒她的是个人，一个头发蓬乱胡子茅草一样满脸猥琐的男人。男人得意地朝她笑了一下，然后就解开了裤子。春燕怒不可遏，不等那个男人再做别的动作，一下子从地上爬起来，双手抡起管钳朝男人砸去。男人显然没思想准备，匆忙中一躲，管钳还是打住了男人的腿。男人叫了一声，不等春燕来第二下，管钳就被男人夺去。男人夺过管钳，"嗨"的一声扔了出去，管钳在空中飞行了一段弧线后落在一片草丛中。扔了管钳，男人又朝春燕笑了一下。对于男人的笑春燕的理解是：你再没招儿了吧，快点顺从我吧。

男人一只手提着裤子再次向春燕扑来。男人很有点高大，两条腿尤其长，让人想起鸵鸟，但其中一条腿有点瘸。春燕想，那是我一管钳抢出来的成绩。明子来信说"我好想好想那个头上扎着马尾巴，一笑脸上两个酒窝的女孩"，明子还说"一毕业我们就结婚，白天黑夜都牢牢地守着你，看到时候还想不想"，可惜现在明子不在。

春燕又一次被扑倒了，春燕又是踢又是抓，男人一只手抵御着春燕的反抗，另一只手去扯春燕的衣服，春燕朝男人脸上吐了一口，乘男人用袖子擦唾沫的时候，春燕一下子把男人从身上掀了下来。春燕摸到一只油样桶，春燕从地上爬起来，男人再扑过来的时候，春燕把手里的油样桶挥得像一只飞舞的蝴蝶。男人说我不怕，我不怕，但还是后退了一步。一转眼，男人脱下了身上的棉袄，挡在前面，春燕用油样桶朝男人砸去，砸住的却是男人的破棉袄，破棉袄发出一声声无辜的低吟，春燕再次被扑倒。

男人抵御不住寒冷，把春燕坐在身子底下去穿棉袄，春燕乘机一把抓住了男人解开的裤带，那是一根用旧布缝制的带子，却非常结实，春燕用力一拽，男人被拽倒在地上。春燕从地上站起来，男人也从地上站起来，男人失去了裤带。男人双手提着裤子扑过来，春燕转身就跑，男人虽然提着裤子跑得却一点也不慢，当春燕气喘吁吁感到再也迈不动腿的时候，男人突然被什么绊了一下，重重地摔倒在地上。男人骂了一声，爬起来，将一个什么东西从脚上弄下来扔出去，是另一只油样桶。后来两个人就滚在了一起，由于要时时照顾自己的裤子，男人显得有点力不从心，但男人到底力气大，后来春燕实在没了丝毫力气，被男人牢牢地压在了身子下边。男人开始解春燕的衣服，春燕想反抗，可身上只剩下了喘气的劲，春燕想，完了，这下子什么都完了。男人大概也耗尽了力气，或许他想反正猎物已经成了煮熟的鸭子，他打算喘口气,再好好享用,随之也倒在地上。

突然,一声清脆而嘹亮的叫声,划破海滩的静寂,接着是两声,三声,后来这叫声就响成一片,像一个乐队在演奏。

听见叫声,杨大脚费力地扭过头朝叫声看去,这时雾已经散尽了,太阳无私地把光线撒在大地上。就在他昨天取水的那片水面上,落满了他从来也没见过的大鸟,它们高腿长颈,浑身雪白,头顶却血一样红。它们刚刚到了一个新地方,对这里清清的水蓝蓝的天,对静静的荒野和荒野上的红柳、黄蓿菜充满了好奇和喜悦,它们欢快地叫着,扑扇着巨大的翅膀,像是在庆祝一次乔迁之喜。后来这些大鸟有的迈着悠闲的步伐很高贵地在水边上散步;有的站立在水中,不时把嘴伸进水中啄食着什么;有的鸟站在一起,你啄啄我的羽毛,我啄啄你的羽毛,这只含情脉脉地叫一声,那只也含情脉脉地回应一声,亲热得像一对恋人……这是一个多么和平、友好而和谐的世界呀!杨大脚一时看得呆了。

突然,杨大脚从地上爬起来,拍打拍打身上的泥土,把他扔掉的管钳和两只油样桶一一找回来,放到春燕身边,看也没再敢看一眼这个他预谋已久想欺负的姑娘,钻进窝棚取出行李,向那个叫仙河的小镇走去。

狼

鸿　琳

　　夕阳像个喝多了酒的醉汉,摇摇晃晃一头扎下山去了。

　　山岭上的暮霭渐渐浓了起来,他加快了脚步,待上了山岭,山脚下自家屋顶上那袅袅的炊烟就飘荡在他眼里了。前几天他在报纸上看了一篇文章说炊烟是村庄的头发,当时他就笑了,很是佩服文人那丰富的想象。他知道,自己是个大老粗,打死也想不出这样的词句来的。摸了几十年的枪,现在真的是老了,先前爬这条岭是健步如飞,如平地。现在不行了,气喘吁吁,全身是汗,有些力不从心的感觉,看来不服老还真不行。再过个把月,局里的退休报告就要批下来了,一想到这,他又不禁轻轻地叹了口气,将手上那只水牛脚换了个手,伸手摸了摸腰上掖着的那把跟了他几十年的五四式手枪。这枪自打从部队转业进派出所就一直没离开过他。这些年,许多同事都换了别的式样的枪,可他舍不得那把枪。他常说,用习惯了,顺手。那枪就是他的命,片刻都不离身,一有空他就擦枪,将一把手枪保养得油光滑亮,跟新的一样,让所里那帮小年轻羡慕得不行。

　　枪是他的命,老伴也是他的命,几十年跟着自己,风风雨雨,吃过的苦,受过的累是数也数不清。他常年在外奔波,回家就像住旅馆一样,来去匆匆,一个家全靠老伴支撑着,含辛茹苦将一双儿女拉扯大。现在孩子都大了,像长硬翅膀的鸟儿,扑啦啦全飞走了,一年也难得回来一次。自打和自己结婚以来,老伴寒来暑往总是在田里劳作,落下一身的病,只要一变天,风湿性关节炎就折磨得她痛苦不堪,连路都走不动。看老伴那病恹恹的身子,他就很内疚很心痛,四处寻医问药,可老伴的病总不见好。后来听人说水牛脚对风湿性关节炎有很好的疗效,他就试着买了几次,还真奇了,老伴吃了连说有用。因此,每到雨天,他一定去买只水牛脚,待下了班,走上二十里山路送回家。

现在,水牛脚拎在手上,还不断滴着血水,一股浓浓的腥味在山风中弥漫开来。夜幕降下来了,四周变得模糊不清,就在这时,他看到离自己十几步外闪着两盏绿幽幽的光。他从挎包里拿出手电筒,就在他揿亮手电的一刹那,他倒吸了一口气:山道上拦着一只狼。没错,是一只狼!这是一只高大健硕的公狼,全身灰黑,拖着一条长长的大尾巴,长长的舌头淌着口水,龇着尖利无比的牙齿,贪婪的双眼一动不动地盯着他手上那只滴着血水的水牛脚。

猛地,那只公狼"嗷"地低吼了一声,一步一步朝他逼了过来。他打了个激灵,下意识拔出了手枪,"砰"的一声,子弹拽着火光贴着公狼的脑门掠过。他并不想伤害这只狼,只是想吓唬吓唬它,让它知难而退。枪一响,公狼怔了一下,但它并没有退却,反而一纵身朝他扑了上来,尖利的爪子划破了他的面,手电也被撞飞,他在地上翻了两滚,待爬起来,那狼一口叼了他手中的水牛脚蹿下山去。他火了,扬手一枪,只听一声惨叫,那公狼一头栽倒在地。

他捡起手电,脸上火辣辣的痛,一摸全是血,他恨恨地骂了句,提了枪追过去。让他没有想到的是,那躺在血泊中的公狼竟踉跄着站起来,叼起那只水牛脚,一头扎进密林。

他摸索着找到了地上的手电追进黑漆漆的密林,凭他多年的经验,他知道那受伤的公狼跑不了多远,但他边追边纳闷:这狼受到生命威胁应该只顾逃命才对,可为什么一直叼着水牛脚跑,难道这只牛脚比它生命更重要?

继续跟踪了几十米,他来到一处岩石高低错落,灌木丛生的山坡上,在强烈的手电光中,他发现那只公狼倒在一块突兀的岩石旁,已经死了。但它死不瞑目,那嘴里仍死死叼着那只水牛脚。在离公狼不远处,卧着一只瘦骨嶙峋的母狼,母狼的一条前肢不见了,断肢处已经腐烂,在母狼的身边散落着一些动物的骨头和杂毛。他静静地看着眼前这悲壮的一幕,全身的血液顿时凝固了,以至于举枪的手微微发抖,那只母狼见了他,眼里已没有了半丝的恐惧,只是不断流出悲伤的泪水。

他没有再去拿那只水牛脚,而是蹑手蹑脚走出密林,好像只有这样才不会惊扰眼前的一切。

这时,月亮升起来了,静静地悬在山顶,月光热热闹闹地洒在山岭上。下得山来,回头再望,那山岭已变得模糊不清,山风中传来母狼凌厉的尖叫,如泣如诉,久久不息。

他想,自己是该退休了。

猴　戏

鸿·琳

侯三八岁那年，父亲就死了。

侯三的父亲原来就是靠耍猴为生，跟叫花子差不多，除了留给侯三一只红面公猴和一面耍猴的破锣外，别的什么也没有。侯三出生时，母亲得了产后热死了，现在父亲一死就剩下侯三孤苦伶仃一个人了。幸亏留下一只猴，还能和侯三做伴，侯三就和这只红面公猴住在镇西头的关帝庙里。

那天，已两天没吃东西的侯三饿得两眼昏花，想起死去的爹，不禁悲从中来，顿时号啕大哭，那只红面公猴也在一边急得搔耳挠腮。突然，这红面公猴翻出那面破锣递到侯三手中，指指侯三，又指指庙外，还拍拍自己的胸脯，并在地上翻了几个筋斗。

侯三虽小，却也机灵，明白这猴头是叫自己和它出去卖艺挣饭吃。侯三想来只有这条路可走，于是就抹了眼泪，提了那面破锣，牵上红面公猴来到集上。

那时小镇逢九一大集，逢四一小集，潮州的盐，武夷的茶，赣州的纸都在这里交易，商贾云集，生意很繁荣。侯三从牙牙学语就骑在父亲肩头跟爹走街串巷耍猴度日，时间长了，小小年纪也就看懂了耍猴的路数，有时还会帮爹打打下手，把个铜锣敲得有板有眼。

侯三的锣声一响，围观者甚众。那红面公猴的技艺早是炉火纯青，随着侯三的锣声一会爬旗杆，一会翻筋斗，一会做倒立，一会走钢丝，还能将一根竹棍舞成一团花，水泼不进，很有些齐天大圣的味道。待人们看得眼花缭乱连声喝彩时，红面公猴就会不失时机端个铜盘绕着圈儿向人要赏钱。围观者见一个小孩耍猴就生怜悯之心，于是叮叮当当把些铜板丢进盘里。钱给得最多的要数镇上国立小学的校长方先生。

方先生一年四季都穿着长袍马褂,戴副眼镜,斯斯文文。每次侯三在集上耍猴,方先生都会从校门里走出,把几个铜钱轻轻放在盘子里,然后悄然离开。次数多了,红脸公猴一见方先生就显得特别亲热,又是点头又是作揖的。

这年夏天,镇上区公所屋顶那面青天白日旗仿佛一夜之间换成了膏药旗。待侯三明白是怎么回事时,原来驻扎在镇上的国军早就跑得不知去向,镇上到处都是穿着狗屎黄耀武扬威的日本兵。

那日逢集,侯三又在耍猴,突然就有人喊:"学校操场上又杀人了,快去看啊。"原本看耍猴的人们呼啦啦都朝学校操场上涌去。待侯三牵着红面公猴挤进人群时,才发现要杀的是方先生。方先生被五花大绑在学校操场上那棵红枫树上,鬼子先是用刺刀捅,然后放狼狗咬。方先生面不改色,骂不绝口,至死方休。后来猴三听人说方先生是抗日分子。

那天回到关公庙,侯三搂着红面公猴哭了一个晚上,红面公猴也是捶胸顿足,涕泪横流。小小年纪的侯三怎么也想不通,像方先生这么一个好人怎么就被杀了呢?

镇上小日本的指挥官叫犬养一郎,这日本鬼子人坏,名字也赖,用咱们的话说就是狗娘养的一条狼。这狗娘养的一条狼是个少佐,长得矮矮墩墩,像个冬瓜,光头,鼻尖下蓄一撮仁丹胡,两眼阴森森的,看人总是白多黑少,让人不寒而栗。

这日,侯三正在学校操场上耍猴戏,来了几个喝得醉醺醺的小鬼子。这小鬼子从没见过猴会演戏,看得哈哈大笑,乐不可支。末了,凑在一起嘀咕了一阵儿,几把刺刀就挑到侯三鼻尖,逼着侯三牵着那条红面公猴"开路开路地干活"。

这天恰逢犬养一郎过生日,区公所里大摆筵席,张灯结彩,喝酒行令声此起彼伏。不少小鬼子喝得兴起,还脱了衣服,赤膊上阵跳起东洋舞,又是踩脚又是拍手,嘴里还"索拉索拉"地唱着。

那几个小鬼子把侯三押进指挥所,一个小鬼子伏在犬养一郎耳边嘀咕了几句。犬养一郎听了乐得哈哈大笑,朝那小鬼子竖起大拇指。那小鬼子受了夸奖,得意地过来拍拍侯三的肩,指指红面公猴又指指侯三手上的锣,要侯三耍猴给犬养一郎祝寿。

侯三也不知哪里来的一股倔劲,偏着头盯着犬养一郎一动不动。犬养一郎火了,抽出东洋刀架在侯三的脖子上吼道:"死啦死啦地。"这时,那红面公猴跳过来拉了拉侯三的衣摆,指指侯三又指指自己。未等侯三开锣,这猴头就倒立着在院子里转了一圈,接着又翻了几个跟头,还跳上餐桌朝犬养一郎扮鬼脸,逗得小鬼子"哟西哟西"直叫。

突然,红面公猴腾身朝犬养一郎扑去,两只前爪飞快抓上犬养一郎的脸。犬养一郎两颊被猴抓得稀烂,惨叫一声滚到了地上。还没等小鬼子们回过神来,红面公猴"嗖"的一声就蹿上了院子里那棵高大的樟树上。一日本兵抬枪就打,犬养一郎连骂"八格",给了那小鬼子一巴掌。犬养一郎捂着脸看了看树上的猴,又看了看树下的侯三,劈头盖脸就给了侯三一顿耳光,直打得侯三眼冒金星,口鼻喷血,末了还将侯三绑在樟树上。那红面公猴在树上急得上蹿下跳,呀呀直叫,几次都欲扑下来,却被侯三尖叫阻止。

犬养一郎却不急,让那些小鬼子们照旧喝酒跳舞。毒辣辣的太阳晒得侯三像蔫了的茄子,口鼻上流出的血结了痂,招来无数绿头苍蝇。太阳下山的时候,红面公猴终于忍不住了,它"嗖"地跳下树,直挺挺地站在犬养一郎面前,呀呀直叫,指指自己又指指奄奄一息的侯三,那意思很明白,要犬养一郎放了侯三。犬养一郎得意地哈哈大笑,叫人抬出一张特制的小圆桌,把红面公猴的四肢捆在了桌脚上。那圆桌上有个碗口大的洞,犬养一郎将红面公猴的脖子卡在那洞里,两边用插销固定,红面公猴那圆圆的脑袋就露在了桌面上。红面公猴咧嘴朝侯三笑了一下,侯三就见一把阴森森的铁榔头在猴头上划了一个圆弧,只听"噗"的一声,红面公猴的天灵盖就被敲碎了。侯三叫了句"我的猴",就昏死过去。

犬养一郎用刺刀挑开猴头盖骨,拿起一把银光闪闪的小勺伸进红面公猴的脑壳里,挖出一勺冒着热气的洁白的脑浆,送进他那红口白牙的嘴里,吃得津津有味。那红面公猴还没断气,全身抽搐,撕心裂肺地惨叫着。随着犬养一郎一勺一勺挖着猴脑,红面公猴的惨叫越来越弱,最后什么也听不到了。

第二天,遍体鳞伤的侯三将红面公猴背回了关帝庙,把它埋在了关帝庙的后山上。

最生动的动物美文·一只在夜色中穿行的猫

笨拙的母爱

余显斌

这种野兽，是这儿独有的，叫豺豹，长得如灵猫，可凶猛如狼，眼睛瞪得圆圆的，定定地望着灯光，不跑，也不躲。

打猎人趁这空儿，一枪就会撂倒一只豺豹，而且，这方法从没放空。也因为这样，这儿的人打猎，一般在夜里。

他听着向导介绍，微微地笑，十分高兴。

他是坐着车来的，到了豺豹出没的地方，让停下来。下了车，他让司机把车灯打开对着山上，亮得一山都是白色，如探照灯一样。

灯光下，满山动物都在奔跑着。向导说，快打，以你手中的狙击步枪，一枪一个，今夜一定会打半车野物。

他笑笑，一动不动。

他这次来，不打别的，专打豺豹。

上司要来，上司在手机里对他说："小李啊，来考察你的人很多，都想尝尝你们那儿的特产——豺豹肉，听说细腻可口。你可要准备好哦。"

他笑着答应了。

本来，他准备买一只的，可是一想，还是亲自去打，到时，大家下来一尝，再听说是自己夜里亲自打的，对自己的好感，一定会是加倍的。

雪白的灯光下，动物逃窜一空，不见一个豺豹，他心里有些急了。

"打的人多了，快死绝了。"向导说，然后让把灯光移动角度。司机按照要求，转动车灯，他和向导，顺着灯光寻找着。

"瞧，豺豹。"向导轻声说。

他顺着手指，终于看清了，雪白的光中，一只非豹非狼的动物，立在光柱中，非常清晰。

豺豹的叫声长长传来，显得惊慌而刺耳。

"它发现我们了？"他问，握紧了枪。

"不要紧，这个笨家伙，只要眼睛在夜里与灯光相对，你到面前，它也不会动。"向导说，吩咐司机，把灯光打亮些。

他为了更有把握，和向导向山上爬，来到豺豹面前不远处，举着枪向豺豹瞄准着。这时，他们才发现，这个大豺豹身边，还卧着一头小豺豹。

豺豹面对着枪口，眼瞪得大大的，慢慢地，眼角滚出晶莹的东西，是眼泪。

他的心，微微一动。豺豹并不笨，他想。

接着，豺豹两只前腿缓缓跪下，面对着他。

"它——它求你放过它们。"向导说，"过去打猎的，经常遇到这样的事。"

他的心有些二乎起来：打，不忍心；不打，豺豹肉从哪儿来？想到自己的前程，想到自己以后的官运，他的枪又一次握紧了。

就在此时，向导惊叫一声。

他回过头，一只野兽，一只灰背的狼，不知什么时候靠近了。

显然，这是一只饿极了的狼，不顾危险向他袭来。

他想开枪，已经来不及了。

恰就在这时，灯光灭了。下面，司机嚷，线头断了，不要动。

他心里一冷，闭上了眼，想，看样子，今天是死定了。可是，灰狼并没有扑来，而是在他脸旁刮过一股锐风。接着，是剧烈的撕咬声、吼叫声，在旁边响起。

他和向导躲在大石后，一动不敢动。

随着一声凄惨的狼嗥，一切都静止了。

他忙打开身上装着的备用手电筒，灯光下，灰狼倒在地上，喉咙已被咬断，咽了气。豺豹也躺在地上，胸脯被撕裂，奄奄一息。

那只小豺豹靠在母豺豹怀里哼着，拱着小脑袋。

母豺豹伸出舌头，舔着小豺豹，又望望他们，眼睛里满是乞求的神色，一动不动。过一会儿，不见母豺豹动。他过去一摸，母豺豹已死了。

那一刻，他的泪水竟然忍不住涌出来。

他抱起小豺豹，连夜下了山。

"自然界中，弱小动物如果同时遇见两种凶猛的野兽，无路可逃时，作为母兽，一般会主动向最凶猛的野兽出击，纠缠住它，让自己的孩子与较凶猛的野兽周旋,以此为小兽争取一线生机。"一天,他拿着一本有关动物的书籍,读到这段话,一时,恍然大悟。

他想,将人类与狼相比,在母豺豹的眼中,大概人类一定比狼要较善良一点吧,它一定也是用这种办法,为自己的孩子争取一线生机吧。

又一次,他的眼泪涌了出来。

好兵李大壮

谢友鄞

新兵李大壮穿过三北防护林带，爬上山顶雷达站。站长说："你养猪吧。"

李大壮的心"咯噔"一下，入伍前，他是屠宰厂的青工，原想改换门庭，再不跟畜生打交道，宁肯杀人也不杀猪。这不是从屎窝挪到尿窝了？

站长说："不知为啥，咱这儿的猪养不好，从山下抓来的猪崽，一点不长。"

李大壮歪嘴一乐："猪食叫饲养员吃了？"

站长说："我不白使唤你！搞好了，站里给你请功。"

李大壮心里掂了掂：在雷达站，不是专业技术兵，只能站岗放哨干粗活。养猪就养猪吧。就是叫你养狼，你敢不养？

站长说："猪舍后面，圈了只狼，顺带喂喂。"

李大壮"扑哧"笑了，心想：我李大壮有仙？咋想啥就来啥！

李大壮撸胳膊挽袖子，要好好干一场。李大壮看出来，猪们吃不下喝不下，惊魂不定。隔壁扑腾扑腾响。李大壮绕到猪舍后面，公狼在铁笼里打旋儿，嗷嗷叫！李大壮蹲在铁笼前，满脸堆笑，喂它水，喂它肉，好吃好喝伺候它。公狼吃饱喝足，更来劲了，疯了似的趔绕，没日没夜地噪！李大壮恍然大悟，猪们被公狼吓破了胆，寝食不安，哪能长肉！李大壮向站长汇报。站长对他刮目相看，说："有道理。"

李大壮请示："把它宰掉。"

站长说："还没长大，就宰？"

李大壮说："我说把狼宰喽。"

站长是知识分子,自然生态保护意识很强,说:"那不行!这只公狼是被偷猎者打伤的,咱们才收养了。"

李大壮脸上露出怪模样儿。站长瞪李大壮一眼,不放心,找来报纸和材料给他看。李大壮才知道,地球上还有野生动物保护协会。解放军还得保护狼!

李大壮摇头,傻笑,满山林转悠。一只母狼中了李大壮的奸计,被他下套逮住,关进铁笼里。公狼见来了只母狼,亲得不行!公狼不再焦躁狂怒,往死嗥叫了。猪们成长起来。李大壮也成长起来,当了班长。

转过年,李大壮的老爸病危。李大壮急三火四,把活儿交给刚报到的新兵,赶回家。爸是肝硬化晚期,身上蒙块白布单,肚子大得吓人!喘出的气一股酒精味,熏得李大壮晕晕乎乎。爸数十年如一日顿顿离不开酒,娘早就跟他离了,李大壮是跟爸长大的。爸脱相了,用干柴棍子样的手,抓住李大壮,喘吁吁说:"儿,我闭不上眼睛,就等你回来呢。"李大壮跪在爸的床头,嘴唇哆嗦,说不出话。爸歪嘴一笑,哼哼唧唧唱起来:"自从哥哥走内蒙,多了一个枕头少了一个人……"

李大壮办完爸的丧事,返回部队,战友们安慰他。李大壮摆摆手,说:"让我一个人安静安静。"

李大壮低着头,踱到猪舍后面,惊呆了!笼子里,母狼没了,只剩下一副骨架。公狼趴在角落里,奄奄一息。李大壮叫起来!新兵慌慌张张赶到。李大壮一把揪住他的脖领,问:"你咋喂的?"

新兵吃了一惊,磕巴道:"你,没,告诉我喂狼呀?"

李大壮狠狠一推,新兵仰壳儿摔倒在地上。李大壮扑上去,用膝盖压住新兵的胸脯,眼球瞪得要冒出来:"你一顿没喂过?"

"没。"

李大壮离队二十二天。母狼被饿急的公狼吃了。别说狼,饿疯了,人还吃人呢!

李大壮气得要吐血,朝新兵吼叫:"你是人吗?""噗嚓"一拳砸下去!揍得新兵蛋子鬼哭狼嚎!

站长从峰顶观测室下来,看过现场后,说:"没治了。放生它吧。"

为防意外,全站做好准备,岗哨把枪都端起来了。不料,打开笼门后,公狼竟把尾巴夹起来,狗才夹尾巴呢。公狼性子变了,萎萎缩缩,不敢离开。李大壮钻进笼子,轰它,推它,把公狼抱起来。公狼一身瘦骨头,硌得他扎心疼！李大壮想起死去的爸,远走他乡的娘,把公狼抱出很远,才撂下。公狼哀哀地瞅李大壮一眼,拖拉着后胯,一瘸一拐,向涛声汹涌的山林深处爬去……

打鸟

刘　林

那年，一位相识多年的朋友邀我去桂北一处人迹罕至的偏僻山区采风。在城里待得太久了，我也想借机出去活动一下筋骨，就爽快地应约了。临行前，朋友嘱咐我，那些山区不比城里，不仅生活方式是原始落后的，其脑子也是原始的。我郑重地点了点头，入乡随俗嘛，表示自己做好了让自己一切回到原始状态的思想准备。

真正深入山里之后，我才发现自己一时入了乡却随不了俗。

这天夜里，我们一身夜行装束，做了回夜行人，各提着一支鸟铳跟随山民们行动——去山上打鸟。

朋友像中了头彩，来得正是时候才赶上了这样打鸟的好机会。我却一点提不起精神，一下子蔫不唧的。

山民们有百十号人，有男有女，男女老少一个个都拿着鸟铳，听一个叫山根的老人发号施令。这支打鸟的队伍像是训练有素久经沙场，谁排在谁的后面好像私下里约定好似的，他们整齐划一，穿着自制的布鞋，上起山来悄无声息。

山村的夜纯净而空明，在朦胧的光影中，四周是影影绰绰的夜色。

朋友事前悄悄地对我说，山民们打鸟有很多忌讳的，还是那句话，入乡随俗嘛。

入乡随俗，我像山民们一样一言不发。我一边对付着脚下的山路，一边偷望前前后后的人，山民默然无声，看不清他们的表情。虽混杂在打鸟的队伍里，但我感到自己却是一个真正的外人，怎么也融不进这支队伍里，心上一时竟生了些许陌生与隔阂。

每年的冬至前后，北归的候鸟都会成群结队地打这片山区经过，万圣峰海拔1800多米,是许多候鸟的必经之途。打鸟的队伍就潜伏在万圣峰下的一处高坡上,这时,那些从北方迁徙来的候鸟,在经过万水千山艰辛的长途跋涉后,它们闯过了万圣峰就开始进入了温暖的南方。

夜黑风高,当一大群黑压压的鸟闯过了万圣山,飞过我们头顶时,山根老人便对着深不可测的夜空猛地举起了鸟铳,刹那间百十号黑压压的枪口一起举向了天空,一齐放响了手中的鸟铳。

轰——轰——

百十号鸟铳发出一声震天动地的声响。

那些鸟在高空中陡地发出凄厉的叫声,紧接着不少鸟如黑点般从天空笔直直地坠落下来,一直坠落在我们的面前。

有的鸟在空中挣扎着飞了几下才在不远处坠落下来。还有一些鸟惊慌失措地逃走了,一路哀鸣着没入了遥远的夜空。

此时的黑夜仿佛成了这些鸟的坟墓,也是它们逃难的最好掩体。

鸟群过后,山上一片狼藉。山民一个个埋头拾鸟。

我拾起一只又一只,发现落在地上的鸟早已没了气息,但身子一个个还是温热的。

我琢磨着,那百十只鸟铳一齐举向黑暗的夜空,放出一声震撼地的声音,显然那些高空中飞行的鸟并未被这些简陋的鸟铳击中。

但鸟却是在高空中突然死亡的。可这些鸟并未被鸟铳击中,咋会在高空中突然死去呢?

我捧着一只鸟的身体,突然明白了眼前的景象是怎么一回事,我简直惊呆了。这只鸟与其说是被鸟铳声杀死的,不如说是被自己吓死的。泪水在我的脸凝成了霜,冬夜里刺骨的寒意正一点点地侵袭着我的身子。鸟最终死于自己之手,而人呢? 鸟的死亡,又何尝不是一场人的葬礼?

这真是一种残酷无比的死亡方式,也是一种最窝囊的死亡方式。一只只鸟在长途跋涉中躲过了无数猎人枪口的算计,在历尽艰辛成功地到达南方后,却被山民们用一支简陋的鸟铳给杀死了。

…… ……

经历了那次打鸟事件后,朋友逢人便津津有味地展示起那次打鸟的经历。后来,我同他日渐疏远,也许陌生和隔阂正是那一夜在两人心中潜生的。

多年后我还一直在想,那一只只经验丰富聪明的鸟儿,在迁徙的路途上,不知躲闪过多少猎人的枪口,但最终还是没能逃脱掉人的算计。

那个打鸟的冬夜常让我不寒而栗,不过,我要告诉你,那些山民们真的很善良很纯朴,他们是我见过的最善良纯朴的山民。

大　错

贺点松

那一年,爷爷领着我们在北山采石料。

深秋的山洼里温差大得很。早上晚上穿厚毛衣还嫌冷,正午时刻烈日毒晒,微风不动,光着膀子也冒汗。因此,每天吃罢午饭,我和三叔、四叔,大哥、二哥常沿着山间小路到对面山腰上的"老君爷案板"上凉快。

"老君爷案板"是一块大致呈长方形的巨石,石面平整,有三四十平方米大。石面一角方方正正如擀好的"面片子",另一角则斜斜的像一把切面刀。传说是太上老君用过的案板,故而得名。

正午的"老君爷案板"晒得热乎乎的,和衣仰八叉往上一躺,像睡在火炕上一样舒服。阳光是烈的,但是山腰上清风阵阵!上面烈烈地晒着,清风一阵阵吹着,不热也不冷,那般滋味,那种享受,怕是只有神仙才有过!

那天午饭后,我们又到"老君爷案板"上乘凉。真奇怪!"老君爷案板"上摊晒着好多粮食!粮食是混杂的,绿豆、豇豆、玉米、高粱……什么都有。

方圆三五里是没有人家的,谁会在这儿晒粮呢?我们惊讶了好一阵儿,三叔骂道:"管它是谁家的!没眼色,摊在这儿,让老子睡不成觉!"四叔附和道:"就是!管它三七二十一,扒拉下去算了!"说着就用手"哗啦哗啦"往下扒拉。大哥、二哥和我则大把大把抓起粮食,使劲往坡下扔,看着粮食像雨点一样落下,我们感到很开心。

把粮食弄得一干二净,我们并排躺在"老君爷案板"上,开始当神仙。

下午活儿紧,我们叮叮当当干着,累得满头大汗,谁也没顾上提起粮食的事。晚饭后闲下来,在窝棚里抽旱烟,瞎唠嗑儿,我忽然想起那事儿来,就对爷爷说:"中午我们在'老君爷案板'上看见好多粮食!"爷爷正"吧嗒吧嗒"地吸旱烟锅子,脸上习惯性地漾着慈祥的笑意。听了这话停下了吸烟,脸上的笑意消失了:"你说啥,小五?"我又说了一遍。爷爷急问:"那粮食呢?"我又如实说了。爷爷一下摔了旱烟锅子,霍地站起身来,黑着脸骂道:"你们这群兔崽子!"窝棚里一下静下来,我们吓得大气不敢出。只见爷爷抓起一条编织袋,把我们熬汤用的绿豆、豇豆、小米舀了几大瓢装进袋里,一把提上出了窝棚,直奔对面山坡。我们不知道出了什么事儿,也急忙抓起手电筒跟在爷爷后面。

很快到了"老君爷案板"。爷爷夺过手电筒往案板上一照,我们惊骇地看见:一只松鼠直挺挺地死在"老君爷案板"上,眼睛大睁着,眼里闪着绝望的令人哀怜的光。

爷爷骂道:"看见了吧兔崽子们? 都是你们干的好事!"骂完,爷爷手里的手电筒猝然地掉在地上。

我们似乎明白了什么,齐刷刷地低下了头。

爷爷把口袋里的粮食均匀地摊在"老君爷案板"上。

我们把那只松鼠掩埋在"老君爷案板"旁边儿。

下山的路上,爷爷对我们说:"松鼠忙碌了一个秋天,不知从多远的地方一口一口衔来这点儿粮食,那是它一家人越冬的口粮啊。它摊在那里晒,你们却把它糟蹋得精光,叫谁谁不生气呢? ——松鼠这东西勤劳、机灵、惹人喜爱,就是见不得气,一气就气死了。它的老婆娃娃不知能活下去不能……唉!"

一连几天,我们的脸上都没有笑意。

那个秋天,我们没有再到"老君爷案板"上去。

头 狼

赵文辉

八年前我大专毕业,等待分配的那段日子只身一人去了内蒙古,喜欢猎奇的我果真不虚此行。在鄂伦春旗的一座蒙古包里,我大口大口嚼着香味四溢的手抓羊肉,端着牧民自己酿造的奶酒,和主人的两个儿子开怀畅饮。他俩一个叫乌兰,一个叫乌达,明天要带我去大草原。乌兰乌达用蒙古语唱着一首古老的情歌,已是醉眼迷蒙,却不住地擦拭两只冲锋枪,咔嚓咔嚓拉着枪栓,对着兽骨做成的衣架瞄准。草原有狼群。他俩望着好奇的我说,别怕,我们有这个。主人告诉我他的两个儿子是旗里的神射手。

第二天我们在一望无垠的草原上尽情奔驰,古老的情歌伴着我们渐入大草原的深处。只可惜我骑术欠佳,耽误了返程的时间,最后不得不在一片小树林歇息下来。乌兰乌达在高处选择了一块大土包,用蒙古刀挖了一个洞,供晚上栖身用。暮色四合,黑夜慢慢包围了小树林。我们在土洞前燃起一堆篝火,噼里啪啦的烧柴声给草原秋夜带来几多生气。躺下后没有马上入睡,好静的夜呵。我一下子想起了家乡茂密拥挤的玉米地,也是这般静呵,但那里总有一种天籁一样的声音伴我入梦。

半夜起来小解,凉风袭来,我一连打了几个痛快的寒战。这时我发现有动静,隔着火堆望去,看见一只怪物在不远处悄然站立着,它一动不动,两条前腿耷拉在胸前,两只眼睛发出瘆人的绿光。我一下子毛骨悚然,哆嗦着一步步退向土洞。我看见那只怪物也在向我逼近,我却连呼喊的力气都没有了。就在这时,高度警觉的乌兰乌达嗅到了这只怪物的气味,两人一骨碌爬起来,叫一声"狼"后已箭一般从洞中射出来。俩人单膝点地,子弹上膛,做好了瞄准射击的准备。那只怪物犹豫一下,却又继续朝我们逼近。乌兰乌达同时扣动了扳机,俩人不愧是草原的神射手,一人一梭子射过去,全部弹无虚发。那只怪物踉跄了一下,转身就跑,没跑出多远,又被什么东西绊了一下,然后一边跑一边怪叫。乌兰乌达一听,大叫:坏了,它的同伙要引来了!

乌兰站在土洞上担任警戒,乌达挥舞着蒙古刀拼命砍柴,我也手忙脚乱在周围捡一切可燃之物。我们把随身带来的羊肉和酒也扔进火堆,火越燃越大,最后把我们包围起来。我们退进土洞里,乌兰乌达端着枪瞄着火堆外的地带,随时准备对付复仇的狼群。三只骏马在土洞上不住地转圈,蹄声清晰可闻。乌兰说:真不行,就用它们抵挡一阵儿。我简直不敢相信这残酷现实的到来,会是怎么一番模样。

一直到天色大亮,乌兰和乌达就那样单膝点地跪了一夜。狼群没来。我们顺着那只狼逃去的方向,看见了一根树桩上缠着一段肠子,顺着血淋淋的肠子一直走了几十米,竟是一只猛虎一样庞大的老狼躺在地上。乌达告诉我昨夜狼群没来的原因,说这曾经是只头狼,新的头狼代替它之后,它就离开了狼群,成了一只孤狼。亏了是只孤狼,我在心里庆幸。乌达又说:它的威风和凶猛却还在,肠子被挂住还能跑几十米——我们仨人唏嘘不止。

乌兰乌达用那只狼做了一件夹袄给我。

我把狼皮夹袄穿回家,当时我的家还在豫北乡下。我一进家门,我家两条狗就一个个哆嗦起来,后来跑出去怎么也不敢回家了。我很奇怪,去街上唤它们。谁知村里的狗见了我都一个个吓跑了,连开杀锅的赵肉蛋家那条德国犬见了我也直往后退。村人都问我怎么回事,我恍然大悟——

于是就给他们讲了那只头狼的故事。

舅舅家的狗

戴宝罡

我七岁那年，家里还很穷，天天吃地瓜干一个月也要有 10 天断顿。那时候，我爸爸在煤矿挖煤，半个月回家休两天班。这两天班是我们全家的节日，因为爸爸每次回家都会带回家十四个他从自己嘴里节省下来的窝头，也有时候，焦黄的窝头里面还会夹杂着三四个白胖的馒头。

这天晚上又是我家的节日，我爸爸回家休班来了。我们一家人正高兴地围着昏暗的煤油灯，兴致勃勃地大啃窝头，突然听见我家的院门被什么人撞得"澎澎"响，我们停止了咀嚼，立即把手中举着的窝头放进篮子里，妈妈慌慌张张地藏起盛窝头的篮子，爸爸厉声断喝："谁？"

门外立刻传来几声粗重地狗叫："呜，呜，汪汪。"

"是狗。"我高兴地叫起来。爸爸的眼睛立刻变得发亮，咧着笑的大嘴流出了口水，他抓过一根绳子，转身往门口跑。我知道爸爸又要把狗吊起来，然后弄死，连夜剥皮到锅里炖着让我们全家"过年"。现在人吃不饱，虽然狗的正餐是人粪和鸡屎，不与人争粮食，但是人粪是庄稼上好的肥料，怎么舍得让不能干庄稼活的狗白白吃掉，因此除了看菜人还养着狗护园子以外，其他人家基本不养狗了，能吃肉的都吃肉了。街上跑着的狗几乎全部是流浪狗。流浪狗跑到谁家就是谁家口中的肉。

我们打开院门，果然见一条瘦弱的黑狗站在门口，它的脖子上还拖着一条二米多长的铁链。一见我的影子，大黑狗欢快地摇起了尾巴，朝我友好地叫着，在我的裤脚蹭了蹭，又抬起头深情地看着我。"大黑？爸爸，是大黑。"我连忙阻止爸爸下毒手。大黑是离我家十多里的舅舅家的看院狗，去年，我家的院墙被大雨淋塌了，因为爸爸一时半会儿不能回家，淋塌的院墙又不会马上垒好，妈妈求助舅舅，舅舅才把看护菜园子的大黑暂借了我们半个多月,一直到爸爸回家垒好了院墙才把大黑还给舅舅。那时我和大黑很是合得来,当然,有时候也会偷点窝头自己不舍得吃让给它吃。半个多月来,我们处得感情很深,以至于舅舅来领大黑回家时,我哭个一塌糊涂。大黑也是一副可怜巴巴的样子不肯走,是舅舅使劲踹了它一脚它才恋恋不舍地跟着舅舅走的。现在,见到它回到我家,高兴的我一蹦多高,搂着它的脖子亲它长长的黑毛。

我在和大黑嬉闹着,妈妈疑惑地说:"大黑怎么会来? 脖子上还拴着铁链子,肯定是挣断的,闹不好我哥又打它?"

爸爸说:"不会,狗这东西忠诚着呢,主人打死它,它也不会叛变主人,自个跑了。"

这时候,我们已经领着大黑回到了里屋。大黑不顾再和我嬉闹,朝着还在猜测不解的爸爸妈妈"咻咻"地轻叫,妈妈说:"这狗是有事,要不它不会黑着天跑十多里来我们家。"爸爸也说:"闹不好你哥出了事?""我哥出事了……"妈妈立刻慌张起来,声音也变了调,"走,咱快走,咱去望望。"

大黑转过身子也往门外跳,见爸爸妈妈跟着往外蹿,它又返回了里屋。爸爸见大黑又返回里屋,又小声和妈妈商议:"也许我们猜错了,你哥没有事? 要不咱明天再去吧,黑灯瞎火的,太不方便了。"妈妈听了爸爸的话,正在犹豫,大黑在屋子里这里闻闻,那里嗅嗅,接着猛地从水缸边把妈妈刚才仓忙藏起来的装窝头的篮子叼出来。爸爸妈妈都惊讶地叫起来:"这畜生,要抢我们的窝头。"

大黑从篮子里叼出一只窝头,没有吞进肚子,扭头往屋外跑,跑到天井,看我爸妈没有行动,它把窝头放到地上,又朝着我们"汪汪"地叫。这时,妈妈明白过来:"快拿几个窝头到我哥家,他们断顿了。"

等爸爸妈妈跟着跑到舅舅家时,舅舅正跪在天井号啕大哭,家里何止是断顿,如果我的爸妈再晚到一个时辰,我的舅母和我的表弟都将会没命的。那时候,我表弟还在舅母的肚子里,可是舅母饿得前心贴后膛,连生孩子的力气都没有了,舅舅想把护菜园子的大黑打死给舅母炖肉吃,可是,还不等舅舅提着菜刀出来,大黑就挣断铁链跑了个无影无踪。你说舅舅这个大男人不跪着大哭还有什么办法?

舅母是吃了大黑从我家叼回的窝头以后生下表弟的。表弟的乳名叫"犬生",他说他将一辈子不吃狗肉。

一小块熏肉

许 仙

即使蛰居在阴暗潮湿的洞穴,过着隐忍而又苟延残喘的生活;即使从不贪图阳光下的事物,安于多病而又贫困潦倒的日子,你的世界依旧充斥着诱惑和陷阱,你的生命依旧随时随地会被突如其来的意外所剥夺。

尽管你没有去招惹别人,忍让到将整个白天拱手相让,只在人们安睡享乐的夜晚,才悄悄地爬出洞穴,从人们的垃圾中寻找一点果腹的食物。很多时候你忙碌了一整宿,却一无所获;而霸占了整个世界的人们,却无视你终日饥肠辘辘的凄惨。即便是如此,人们见了你就打,欲置你于死地而后快。

对于你而言,世界是恶的。

活着就是受难。

你将不是夭折,就是过早地病死。

寿终正寝的可能性很小。即使有,你的寿命也是兔子的尾巴长不了。

所以,在你的天性中,有着与生俱来的不安分因子。与其碌碌无为地终其一生,倒不如趁青春年少时到外面闯一闯,冒点险,找点乐子;死了拉倒,能活着回来更好,余生就可以在幸福的回忆中度过。这不是"生的伟大,死的光荣",而是宿命。

在地下庞大的洞穴世界中,阴暗、潮湿、物资匮乏和索然无味的生活并不可怕,可怕的是来自外界的诱惑、危险和无所不在的恐惧。你是自由的,但你不能往洞穴之外越雷池半步。因为自由的直通车抵达的终点站,即是死亡。

就在前不久,你的兄弟出去散步,见到一轮红月亮,一时兴起就奔跑起来,漫无目的地奔跑。在奔跑中,你的兄弟发现了一堵墙,这堵墙让他的奔跑有了方向。于是,他就沿着墙继续奔跑。按照他的设想,世界将在他的奔跑中变得越来越宽广。但其实不然,当他撞墙时才发现,他已经进入了一个狭窄的死胡同,世界反而变得越来越小。当他转身想要逃离时,一切都晚了,他的身后一声巨响,回家的路被永远地堵死了。他终于成了捕鼠器中的困兽。他在笼子里来来回回地奔跑,最后力竭而死。

临终前,他还说只是跑错了方向。

你那不安分的兄弟啊,死也不肯相信,即使他朝相反方向奔跑,结果也是一样的。

因为在世界的另一头,依旧有捕鼠器等待着他。

这也是你的宿命。

你们整个家族的宿命。

这天夜里,一小块熏肉出现在洞穴群附近。熏肉不易腐烂,肉香持久,它一出现,肉香就飘进了所有的洞穴。就像上帝的福音突然降临,每个家族成员都朝圣般地冲到洞口,向一小块熏肉行注目礼。你是最后一个知情者,也是最后一个赶到现场的。族人们贪婪地呼吸着空气中的肉香,一个个因为与熏肉咫尺天涯而战栗不已,你好奇地问,你们这是怎么啦?

族人们凶巴巴地瞪着你,要把你当作熏肉吃了。

他们不吭声。

你不知道这是你生命中的最后一个夜晚,你笑吟吟地走向熏肉,边走边回头,朝大家扮鬼脸,一脸得意。你走到熏肉跟前,将尖尖的鼻子凑到熏肉上,狠狠地嗅了一阵儿,醉醺醺地仰天长叹道:香啊香啊香啊……你一连感叹了七八个"香啊"。

传入族人耳中却是:死啊死啊死啊……

他们依旧不吭声,只是更加凶巴巴地瞪着你。

熏肉固定在老鼠夹上,当你一口咬下去时,牵动了夹上的弹簧,一根突如其来的钢丝夹住了你的要害部位(你的头颈),将你死死地"钉"在夹板上。你以一声尖叫结束自己的生命时,这块熏肉便脱离了你的嘴,滚到了地上。所有待在自己洞穴口的族人们,都止不住战栗起来;他们控制不住地眨着眼睛,相互一个一个地扫视下来,尾巴毫无意义地在地面上不停地扫来扫去,他们最后将目光全部落在你身边的熏肉上。

他们迟疑地,一个推着一个钻出洞穴,朝你出事的地方走去。

他们知道,夹死你的老鼠夹已经安全了(你用自己的生命消除了安全隐患)。

他们的迟疑，只是出于对老鼠夹的恐慌心理。

看到你缩起了粉红色的小腿，躺在长方形的木板上，就像人死了躺在门板上一样，你本来就孱弱的躯体开始慢慢变硬，他们什么都不说，包括你的父母。他们现在的注意力都集中到了熏肉上。

现在，这块熏肉已经没有危险了。它将属于死者的家属，也就是你的父母所有。家族成员中的一个长者神情茫然地上前，将这块熏肉捡起来，交给你的父亲。

你的父亲小心翼翼地咬了一小口，然后交给你的母亲。

你的母亲也小心翼翼地咬了一小口，然后交给那个长者。

那一小块本来就小的熏肉很快被长者们分享完毕。

聚集在那儿的族人们咽下满嘴口水，顿作鸟兽散。

第二天早晨，老鼠夹消失了，连同你僵硬的尸体。

这是自然而然的事。

这个世界最重要的特性就是可逝性。

你们从小就被告知，死亡每天都在发生，你们必须接受日常性的死亡事件。所以，你们不把"死"叫作"死"，而叫作"走了"。感觉好像死者还依旧活着，你只是出远门了，去了一个遥远而又辽阔的地方，从此告别了你们索然无味的洞穴生活。

你活着时，甚至想，那个远方是不是就是天堂?!

一只在夜色中穿行的猫

魏得强

母亲和父亲一辈子叮叮当当地吵架，年轻时差一点离婚。凡是父亲认为对的，母亲一概认为不对，比如父亲喜欢养狗，狗在母亲眼里就不顺眼。父亲不在家的时间多，家里的狗待遇就差很远，稍有不顺，就会被母亲踢上几脚，骂上两句。即使这样，母亲还是感觉到输给了父亲。于是，那只大黑猫就来到了我们家里。

当然，大黑猫来的时候还是一只小黑猫，娇小而柔弱。它的到来，既不是因为老鼠的原因应征而来，也不是说它长得多么有宠物样，就是母亲想养一只什么了，反正不养狗。不过猫自己也不知道什么原因就来到了我的家里。它先是胆怯地观察了几天，发现喜欢它的人只有母亲，于是饿的时候就试探性地朝母亲喵喵叫几声。母亲果然把它捉到了膝盖上，很亲昵地喂它。母亲喂猫的时候，父亲的狗就远远地蹲着，馋馋地看着。

父亲的狗孤独惯了，看见一只猫来，就很好客地朝猫打招呼，没有想到的是，黑猫惊恐地给了它两爪子。狗很宽容地朝它笑。想不到的是，猫狗的冲突被母亲发现了，母亲就骂："你这个狗东西，连我的猫也欺负，看我不打死你。"狗从来不敢多看母亲一眼，在骂声里，赶紧低眉顺眼地躲开了。

令母亲没有想到的是，不到一周的时间，猫开始主动找狗来玩了，在院子里，在屋后母亲的小菜园里，它们像两个孩子一样打斗着，都很愉快的样子。猫和狗怎么会处在一起呢？看我疑惑，倒是父亲端着茶杯在一旁笑："你应该这样想，猫看着狗想，我长的一定是狗这个样子；狗也看着猫想，我长的一定是猫这个样子。它们想着对方是同类，也就没有隔阂了。"

黑猫的不谙世事，让母亲很伤心，让你来是为了给癞皮狗找个伴吗？真是白白喂你了。我再一次回家的时候，母亲就有了怨艾："这只猫没有一点长处,好的吃个够,赖的死不吃,给它馒头稀饭看都不看。早晚我会卖了它。"我倒是为猫鸣不平,以为母亲不懂,就拿教科书上的知识对母亲说:"这种动物属于食肉类,不像我们人,什么都可以吃。它们专门吃肉的。"我很少回老家探望他们二老,母亲也不和我计较,就呵呵地笑。然后用手捋着已经长成大猫的大黑猫对我说:"你看这皮毛,纯黑而柔软,做一个皮领子一定不错的。"午后的阳光下,大黑猫黑缎子般的皮毛闪着光亮,我心中不禁一颤,这么长时间了,母亲怎么还会说出这种话?要知道,在我县城的家里,女儿养的一只小猫,可是当作公主对待的。不过母亲这话大黑猫可能没有听懂,它慵懒地俯卧在母亲的脚下,一脸幸福地晒着太阳。

大黑猫依然和父亲的狗关系很好,它浑然不觉我母亲的感受。母亲有一种众叛亲离的感觉,和父亲吵架也没有了以前的理直气壮。一次偶然的机会,邻村的二姑父来我家,看见大黑猫,说是家里闹老鼠。母亲就很乐意地说:"这猫你逮去吧,这半年了,也曾逮过一只老鼠。我是越来越不想养了。逮走了就不要送回来了。"母亲的猫,她当然有处决权。我就看到二姑父很高兴地把猫用一个口袋一装,放到了自行车前面的篮子里,骑车走了。

让我想不到的是,一个月后我回家时,大黑猫依然很安详地伏在母亲的腿边。我笑母亲不诚信,送出去的东西怎么可以要回来呢?母亲忽然很动情地对我说:"你不知道,这只猫,我再也不会送人了。"原来,大黑猫到了二姑父家里后,不吃不喝,待在房梁上下不来。二姑父没办法,就拿一根棍子撵它,它趁势跑掉了,再也找不着。二姑父给母亲打电话,母亲也没有放在心上,一只猫,丢就丢了吧。但令所有人都想不到的是,半个月后,大黑猫又回来了。母亲说,那天早晨起床,大门没有开,忽然听到了熟悉的猫叫声,等她开门,大黑猫一下子拥到了她的脚下。它瘦骨嶙峋,全身脏兮兮的,只有两只眼睛透着原来的可爱。母亲怜爱地把它抱起。听着母亲的诉说,我忽然很感动,可以想象,这只大黑猫,为了回到家,为了回到母亲身边,它经历了多少困难才摸到了自家的门口,白天一定是不敢出来的,只有到了晚上才能日夜赶路。我们村里的房屋设计大致相同,它该尝试了多少家才认出自家呀。

大黑猫的忠诚,无疑给它自己带来了很多宠爱,母亲一度不再骂它,有时午饭时会偷偷地给它留下来两块鸡肉。

但是大黑猫太有恃无恐了,它以为自己得到了母亲的宠爱就可以为所欲为了。它甚至以为自己的位置已经超过了母亲的孙女,也就是我的女儿了。那次女儿放假回家看望我母亲。母亲在电话里说："宝贝孙女，你姑姑从北京买回来的北京烤鸭我给你剩着呢，回来一块吃。"

女儿就乐颠颠地回老家享受北京烤鸭了。当母亲像变戏法一样打开橱柜时，她呆住了，所谓的北京烤鸭，只剩下了一个袋子和几块骨头。

母亲一下子明白过来了，她说过，这只大黑猫很聪明的，它竟然会自己开柜子。这一次一定是它干的。

我在赞叹猫聪明的同时，也有些惋惜，北京烤鸭相对于一只猫，无异于我们某个人吃了一只大熊猫。它怎么就不掂量掂量呢？

再一次回老家，是深秋的季节。家里父亲养的狗，代表着父亲早早地迎接我。我看母亲出来，习惯性地问她："大黑猫呢，怎么不见了？"母亲装出很轻松的样子说："卖了。五块钱卖给了一个收猫的游贩。"

我忽然很伤感，从母亲的表情里，我没有读出悲伤和留恋。我知道，母亲的大黑猫绝对没有父亲的狗有涵养，在和父亲的对抗中，母亲认为自己再一次输给了父亲。在猫贩子的手里，猫的命运可以想象得到。但我固执地想，这只猫一定穿行在回我家的路上，在夜色中，在孤独的荒野中，在它的一生一世中……

羊的悲哀

雷三行

一片开阔的草原上，有一群羊。在草原的四周，是苍茫的深得不知尽头的森林，森林里有一群狼。

森林里的这群狼已经把草原上的羊吃了好多好多。这群狼曾一齐出动，在羊群里横冲直撞，片刻让羊群乱成散沙，于是狼各自叼起自己想要的一只羊。后来，三两只狼出动一次就能猎杀一群狼几天所需的食物。再后来，每天一只狼出动就够了。渐渐地，狼不满足于羊群跑丢下来的病羊羊羔和母羊，狼很喜欢猎杀强壮的膘肥的公羊。

一天，一只强壮的有血性的公羊意识到羊群有灭顶之灾。在他的鼓动下，羊群组织起来排起了整齐的队伍，用他们坚硬的羊角向狼发起了殊死反抗。在斗争中，这只强壮的有血性的公羊成了头羊。在头羊的带领下，他们创造性地发明了一个圆圈，每只公羊羊角连接起来的圆圈。这圆圈坚硬无比，坚不可摧。圆圈里，羊羔和母羊安详地进食，母羊还会源源不断地给圆圈内的公羊送去食物。

这个圆圈抵挡了狼群一次次的进攻，头羊也会出现在圆圈最需要的地方。无奈的狼群哀嚎着退回茫茫森林。看着消失的狼群，羊群围着头羊尽情地咩咩叫着，每只羊都在头羊身上舔上一口以示祝贺。

头羊在羊群里的威信树立起来。头羊一声咩咩喊叫，羊群立刻聚集在他身旁，俯首帖耳听从他的吩咐。头羊发现，对付狼群其实很简单，自己发明的一个圆圈，就足以据狼群于羊群之外。

头羊不需要出现在圆圈当中了，负责通讯的公羊在高处发现危险，把险情报告给头羊，头羊昂首一声咩咩吼叫，羊群瞬间变成了一个圆圈。头羊站在圆圈中央发号施令，命令公羊们鼓起勇气，低下头颅，扎稳脚跟。狼群看到这样的阵势，往往选择了退却。

头羊进一步发现，狼其实不可怕，只要他发明的这个圆圈圈存在，狼实在是弱小得不能再小。每天头羊让公羊们快速进食，进食后公羊的任务是围成一个圆圈进行训练，让一只羊骑在另一只羊的背上，以增加公羊腿部的力量，让两只公羊羊角对准羊角，猛烈地撞击以增加羊角的硬度。

公羊们没有休息时间，整天围着一个圆圈操练着。圆圈中央的头羊，踱着方步，尽情地享用着身边肥美的青草。头羊吃饱了，就与一只毛发雪白的母羊嬉戏、调情。圆圈里的一只公羊知道了，很不高兴，走过来向头羊示意，她是我的配偶，你不能动。

头羊低吼一声，马上有几只公羊冲上来，逼迫着这只公羊不要妨碍头羊的好事情。这只公羊无奈地咩咩哀叫，被几只强壮的公羊顶着推着回到圆圈里。

头羊很得意，肆无忌惮地跳上一只只母羊背上寻欢，当然也有忠贞于原配偶的母羊，于是头羊就把不听话的母羊发配到圆圈里，从圆圈里调出几只强壮的公羊守护在自己身边。

这个圆圈悄悄发生着变化。森林深处的狼群伸长着鼻子，每天都在嗅着草原上空飘来的气味。

头羊发现狼群的威胁已经是很遥远的事情，头羊不再亲自督促公羊们训练了，头羊只是派身边的一只公羊替他去监督监督。

头羊待在圆圈中央，越来越感觉到，危险不是远方森林深处的狼群，而是近在咫尺的公羊们。头羊的脾气变得很古怪很暴躁，每天第一件事就是对身边几个护卫训话，训话结束立马让护卫再去给圆圈之中的公羊训话。护卫回到圆圈报告头羊，如果护卫说公羊们很听话很乖，头羊就会露出满意的笑容；如果护卫报告说，公羊们不听话不乖，头羊就会暴跳如雷，就会再次给护卫训话，再让护卫给公羊们带去他的指示。

圆圈中央和圆圈之间的信息不通畅了。每天，头羊听到的都是公羊们很听话很乖的消息。头羊很满意，在圆圈中央纵情嬉戏欢娱享乐。头羊忘掉了外面的圆圈，更忘掉了森林里的狼群。

终于有一天，一只公羊乘着头羊和一只漂亮的母羊调情时，一头撞在头羊的屁股上，把头羊掀翻在地，羊角深深地扎进头羊的肚子里。头羊挣扎着，抽搐着，然后死了。

护卫们欢呼地冲到圆圈里，转告着头羊死亡的消息。瞬间，一个曾经坚不可摧的圆圈散开了。公羊们四散奔跑,再也不为这个让人生厌的圆圈训练了。羊儿现在想在哪儿吃草就在哪儿吃草,想和配偶调情就和配偶调情,很多公羊已经很长时间没有挨过配偶的身体了。

一个圆圈土崩瓦解。

一天,森林深处冲出一群狼,每只狼很轻松地猎杀一只自己想要的肥美的羊儿。

一条悲惨的狗

赵宏欣

　　记得在我六七岁那年,还是在陈家院住的时候,曾经目睹过一条狗的死亡。那是一条黑狗,它是被院子主人的孩子从别家逮回来的,从它被逮回来的那天起,便成了我的朋友。至今,它那可爱劲和机灵劲仍然在我的脑海中印着,尤其是它那晃动的小尾巴,给人一种欢快灵动的感觉。它的死,的确是一种悲惨的死。它的死,不是一种偶然的死亡,而是带有浓厚的时代色彩,因此在我心中镂刻下了深深的烙印。以至于使我每当想起它,我的心就会不由自主地战栗和疼痛。

　　逮回这条狗的,是陈家院房产主人的孩子,叫少凡。那时候,由于我们家没地方住,便租住在了他的家里。少凡的年龄比我大。在我记忆中,那时他已经是大孩子了。现在算来,他那时也不过十三四岁。他的父亲是个老头,走路总驼着背,双手像划船的桨一样往身后一摆一摆。由于在新中国成立前干过国民党县党部秘书,后来便被划成了四类分子,他的母亲据说是由于懒惰的原因,被父亲赶出了家门。那时,我隐约记得,少凡隔三差五就要同父亲闹一次别扭,逼着父亲说出母亲的下落,但父亲拐弯抹角就是不告诉他,只说他母亲远走他乡已无下落可寻,而少凡又不相信。就这样,他们父子不断地较量着。也许是他父亲哄他听话的原因,才同意他从别处逮回了这条可爱的狗。

　　这条狗有一个月大,浑身乌黑,四蹄洁白,胖胖的体态,乌亮的毛发,憨态可掬的神态,十分逗人。不知少凡在哪儿弄到一个小铜铃,挂在狗的脖子上,小狗一跑动,那铃声丁丁零零地响,声音非常动听,更增加了小狗的可爱。那时候,我同小狗真交上了朋友,一挨到放学,便带着狗一起玩耍,尤其是到吃饭时分,总是把好吃的先喂狗。看着狗吃东西的快乐样子,我的心情也十分快乐。

狗的窝儿，是建在碾盘底下的一小块空地上的。碾盘上有碾磙，碾子的四周是碾道。碾子建在院子的西北角，一到晴天，碾子的周围便洒满了红红的阳光。至今，在我的记忆中，碾子所处的那片地方，一直是老年人冬天晒暖的地方。可见狗窝建在那个地方是多么的合适。

狗在一天天长大，狗的食量也在增加。我逐渐发现一个问题，就是当我将手中的食物喂狗的时候，总是遭到母亲悄悄的反对；同时，我也发现，当少凡将手中的食物喂狗的时候，总是遭到父亲的呵斥。这时候我才知道，粮食对于我们并不宽裕的家庭来说，是多么的宝贵。为了能吃饱肚子，大人往往是省吃俭用，甚至是饿着肚子把省下来的粮食让给正长身体的孩子。这时我突然意识到，我们两个都很贫穷的家庭，养活一只食量较大的狗的确是件难事。

狗在饥饿中活着。它的体态越来越大，而它的身体却越来越瘦。至今在我的记忆中，它的脊背是窄窄的，肚子凹陷着，屁股上没有一点胖肉，神态总显得无精打采，眼睛里透着饥饿的光。每当我扔给它一块干馍，它总是焦急地奔过去，将其吞吃。然后仰头看着我手中的馍，直到我吃完。

狗越来越瘦，身体也越来越虚弱。毛发既乱又脏，没有了欢劲。我喂它的次数越来越少，因为我每次喂它，总会遭到母亲的反对。然而，每当我看到它那糟糕的样子和它那瘦弱的身体时，总是禁不住要去喂它。曾有几次我想，如果再不喂它的话，它会死掉的。由此，我非常的伤感。记得有一个傍晚，我将它搂在我的身旁，抚摩着它那瘦骨嶙峋的脊梁，抚摩了很久很久。

狗的身体越来越虚弱。记得有一天，我中午放学回家，路过碾盘那儿，看到它卧在碾道的一片阳光地里，蜷曲着身体，显得非常的安详。于是，我就叫它：嗷儿嗷儿……它看了看我，支撑着身体站起来，颤了几下，又倒下了。我忙奔过去，看到它又挣扎着用前腿支起上身，抬起头颅，用浑浊的目光看着我。我心里颤了颤，突然伤心地哭了。泪水从我的眼眶里溅出，打在酸热的鼻梁上。记得那一天，我将我的午饭全倒给了它，然后站在它的旁边，看着它将饭食全部吃尽。

终于有一天，狗死了。我是在那一天的清晨，去查看狗窝时才发现的。狗在一片杂乱的草垫上，安详地躺着，像睡着了一样。我望了望，便嗷儿嗷儿地叫它，然而，它像没听见似的，没有任何反应。我便觉得不妙，于是伸出手来，摸了摸。狗的身体是凉的。我知道狗已死了。

　　狗死了。这是我预料之中的事。我望着死去的狗,心中一阵悲伤。我知道狗是被饿死的,是被活活饿死的。一条生命在人为的饥饿中遭到泯灭,是一件多么悲惨的事。

　　狗死了。狗窝及碾道周围的那片地方,在天晴的日子,仍有一片明媚的阳光洒下来,洒着温暖、宁静和安详。在那片阳光地里,仍有老辈们在晒暖。但是,每当我看到那片阳光,便觉得异常的寒冷,因为在那片阳光里,曾经死过一条我心爱的狗。

　　关于狗的埋葬,我亲眼目睹了那震撼人心的全过程。少凡将狗的尸体从狗窝里拉出来,那时的狗已断气多时,杂乱的黑毛上粘着杂乱的稻草,狗眼是睁着的,像两个黑色的琉璃球,透着冰冷的光芒。少凡的心情也很沉重,他举起镢头,在碾道的边上掘了一个土窝,然后将狗的尸体放进去。当他封土的当儿,我看到他流泪了,泪水平静地流在他的脸上,将他的脸面弄湿。他那封土的锨似乎很沉重,一锨一锨地铲着土,最终我看到他用袄袖在脸上抹了一下,将伤心的泪痕抹去。

　　我在旁边看着,早已泪水满面。

一条忧心忡忡的蛇

非 鱼

院子里透出古意。墙角有青苔层叠,绿了又黄,一架紫藤茂盛得无边无际,遮蔽出一大片浓荫。

老的太师椅,老的人,老的猫,和这个院子倒是协调。

太师椅在房门前,老人在太师椅上,猫在老人的脚下。一整天,院子里像一副静物写生,少声音,不流动,甚至空气,也是凝滞的,老人和猫的呼吸都显得很惊人。

临近傍晚的时候,一条蛇溜了出来,成为这个院子里少见的客人。这条蛇拇指粗细,青白的身体,有暗的纹路。

蛇抬起头四下里看看,看到了打盹的老人和猫。她不知道是该从他们身边穿过去,还是该退回去,于是,蛇停下来,看看椅子上的老人。

老人并没有发现这条小蛇的到来,他沉浸在自己的回忆里,以一种表的静态掩盖另一种动态。过去,像一条河一样,潺潺地在心里流过,无数的欢喜悲歌,他都一清二楚。

老人很克制自己,尽量控制着这条河,不让它流得太快。每天,他只敢把闸门打开一条很小的缝隙,让这条河流出一点点,尽管只一点点,他已经很高兴,很满足了。他双目微微闭上,阳光在脸上覆上一层暖。

但在高兴和满足之外,老人也总有着隐隐的担心,他担心这条河总有流干的时候,一旦再开启了闸门,而没有那潺潺的流水,他该怎么办?他很努力地说服自己不要多想。

蛇一直盯着老人,她似乎忘记了自己的初衷。她很奇怪,这个老人居然可以这么长时间地一动不动。

太阳一点点退去,院子里有些清冷。

一个老的保姆踢踢踏踏从屋里出来,先是轻声叫了一下,老人没有反应,她又大着嗓子喊:老爷子,吃饭了。这一声,惊醒了老人,也惊醒了那只老猫。

蛇看到老人抬起眼皮,疑惑地看看周围,然后站起来一声不吭地跟保姆进屋,那只老猫也一言不发地进去。吃晚饭的时间到了。

穿过院子,从墙角到墙角,蛇也走了。

第二天,如同头一天的复制再粘贴,依然没有一点声息。那条蛇被勾起了好奇,也在老人出来不久再次出来了。这次,她把自己悬挂在紫藤架的深处,从叶与叶的中间看老人。

整整一天,除了老保姆出去过一趟,院门发出沉重的一声响,还有老保姆回来的又一声响,让蛇惊了一下,其余再没有什么动静。偶尔有一两只蝴蝶飞来,在紫藤架上空寂地飞了两圈,又飞走了。

中午吃饭的时间,老人走进屋里,蛇很想跟进去看看,看他们在饭桌上会不会说话,但她没有,她怕那只老猫。

一天又一天,蛇感觉自己也在慢慢变老,她的灵动和机敏,都在一点一点失去。她在这个院子里待的时间太长了。

就在天渐渐冷下来,蛇准备离去开始她漫长的冬眠的时候,她终于下定决心跟着老人溜进了屋里。

屋子很大,一个又一个房间,摆满了家具。看得出,这里曾经人丁兴旺,有过热闹繁华的时候。现在,家具静悄悄地待着,人都走了。蛇不知道他们去了哪儿,也许是附近,也许是远方。

老人和老保姆在堂屋吃饭,那只猫依然在老人的脚下。老人没有说话,老保姆也没有,只有咀嚼的声音和筷子碰到碟子和碗的叮叮当当。老人吃得很慢,仿佛那些饭难以下咽。

老人背后的墙上,有一个大的相框,里面装着一张全家福。老人坐在前面的正中间,另一个老的女人坐在老人身边,周围十几个人,大家温和地笑着,其乐融融。老人也在笑,笑得很慈祥。

蛇看看相框里的老人,又看看正在吃饭的老人,她有些恍惚。

吃完了饭,老人坐在椅子上没动,老猫也没动,仿佛吃饭耗费了他们所有的力气。老保姆动作迟缓地收拾桌子,一趟又一趟,过来过去,脚蹭着地,橐橐地响。

如同白天一样,老人又坐在屋里,把过去的河流放出来一点点河水,他安然地回忆。

蛇看得有些心酸，她很想弄出点什么声响，或者溜过去贴着老人，但她不敢。她的身体是冰凉的，不但给不了他一点温度，还会吓着他。

突然一阵电话铃声惊天动地地响起，似乎把整个屋子震得都在抖。老人吓了一跳，很迅速地转过头，看着桌子上的电话。老猫似乎也吓了一跳，猛地弹起身子，昂头看着老人。老人似乎不知道怎么去接电话，他伸出手，又缩了回去。

老保姆急急地从厨房出来，匆忙在围裙上抹抹手，拿起电话。"是三儿啊，好，都好。"老保姆嘟嘟囔囔地说着，脸上渐渐有了笑容，老人看着老保姆，脸上慢慢也有了笑容。老保姆把电话递给他，他接了，没说两句话，却又挂了。

因为这个电话，整个屋子好像全部都又活了过来，老人在椅子上不停地扭动身体，老猫在桌子下转来转去，老保姆嘴里小声地自言自语。

看着这一切，蛇也高兴起来。

这个晚上，她就要离去了，寻找冬眠的地方，不能每天来看老人了。她突然又变得伤感起来。

一头牵不上楼的驴

徐国平

古北村的旧村改建终于完成了,五排耸立的新楼分外诱人眼目。

由于此次改建是全县的试点,县领导和媒体都十分重视。

分房那天,古北村的老老少少都聚集到新楼前的广场。

很快,那些抓阄后拿到钥匙的人,一个个兴奋地就像洞房花烛夜头眼瞧见新娘子的光棍一样,纷纷上楼看起自家的新房。

独有古大车牵着一头黑驴躲在一旁,闷声不吭地咂着闷烟。

有人打招呼,咋蔫了,嫌房不好?

古大车摇摇头,半天冒出一句话,俺上楼了,黑驴住哪儿?

人们一听,都笑弯了腰,捂着肚子戏谑道,给黑驴在新楼也弄个卧室啊!

古大车没有恼火,满脸乌云。儿子手气好,早就抓了套三楼,高兴地张牙舞爪,一个劲地催他上楼瞧瞧。

古大车就是守着黑驴不挪窝。气得老伴守着众人就骂他,脑子让驴给踢了。

冷不丁,古大车真就上了邪,牵起黑驴头也不抬就来到自家新房单元的楼道口。

古大车牵着黑驴竟要上楼。只是黑驴来了倔,死扯活拽,四蹄跟钉在地上一样。

古大车累得气喘吁吁,也舍不得打一下黑驴,嘴上不住地骂,犟种。

黑驴横在楼道口。村人都远远躲着,像看疯子一样。

一帮记者一见这场面,纷纷围上前,又是拍照又是摄像,问古大车为何要牵着驴上楼。

古大车指着黑驴仍不泄气,俺家黑驴是功臣,人都住了楼,它为啥就不能住。记者们刚要刨根问底，冷不丁，那头黑驴被一闪一闪的闪光灯吓愣神，猛地一撂蹄子冲出了记者的包围圈。古大车连跳带蹦地边追边喊，拦住俺的黑驴。

人们都嘻嘻哈哈地闪到一旁，放任黑驴在楼房前兜圈狂奔。

瞎胡闹，台上一帮领导眼瞅着脸色不悦。急得村主任跟剁了尾巴的猴一样，慌手忙脚地吆喝着村干部，好歹用绳子套住了发疯的黑驴，拴在一根电线杆上。

古大车累得一头白毛汗，蹲在地上指着黑驴破口大骂，你个憨驴，咋就不上楼哩？

村主任也上气不接下气，一个劲地劝古大车看好黑驴，别再出洋相了。

那头黑驴打了一阵响鼻，在地上翻了几个滚。古大车的肚子也咕咕响起来。

临近正午，村里的新房就分完了。

古大车又犯了倔，跟儿子叫板，不给黑驴安排个窝，就不上楼。儿子也来了气，怨恨古大车没个老人样，丢大了脸，就是不搭理他。可古大车往黑驴旁一躺，绝食了。

老伴知道古大车的性子，忙找人劝。可古大车死活不松口，比黑驴还犟。

熬到擦黑，儿子还是打发媳妇把刚分到手的车库让给黑驴住。古大车那张阴沉的驴脸终于有了一丝笑模样。

老伴气得骂，就甭上楼了，搂着黑驴睡算了。

古大车还真要把铺盖卷背到楼下。村人瞧着无不掩嘴嗤笑。

古北村人都知道，古大车平素拿着黑驴比老婆孩子还亲。他的家业都是靠着黑驴拉来的。他家里穷，分家时拉了一屁股饥荒。后来东借西凑买了头黑驴驹子，又请木匠伐倒家里的一棵老槐树，做了一辆板车。他赶着驴车起早贪黑顶风冒雪拉起脚。时间一长，人跟驴有了感情。一回，在集上给儿子买了一斤炒糖，黑驴半道拉水泥累虚了，他二话没说就把炒糖摁进了黑驴的嘴里。还有一回，雨后路滑，他怕黑驴爬坡使不上劲伤了腿，自己弓腰套上了车辕，却让黑驴拉外套。一帮赶脚的都嘲笑，是驴拉车还是你拉车，古大车擦着满脸的臭汗嘿嘿一笑，不能把牲口一回就累趴了蛋，还指望它长久给俺家使劲。

那头黑驴还跟古大车有生死之交。

　　有一年秋后，古大车到外县拉脚，受寒发高烧倚在车上直犯迷糊，熬不住摔在公路上，是黑驴用嘴叼住他的腰带，硬将他叼回家，捡回了他一条小命。

　　这头黑驴可是俺家的有功之臣，它不仅帮俺挣钱盖起了五间大瓦房，还救了俺的命。现今过上了好日子，可不能做卸磨杀驴的事，俺要给它养老送终。

　　古大车不止一次这样跟外人讲，也真格把黑驴供养起来。

　　前年，村里改造，古大车的五间旧房拆了，驴棚也拆了，家人都乘机劝他把黑驴卖掉。可古大车瞪眼翘胡子就是不让，现在的驴还不是被卖到饭店下了汤锅。

　　古大车把黑驴牵到了闺女家，并对闺女说，想孝顺你爹，就别让俺瞧着黑驴受罪。

　　现在，黑驴是安顿下来了，可车库成了牲口棚，气得儿子儿媳隔三差五就吵嘴打架。

　　古大车权当没听见，没事就在车库里打扫驴粪。

　　村里也有人嫌黑驴有股子味，当面不敢找古大车，就跑到村委发牢骚。村主任硬着头皮找古大车，可被他一句话给呛回去了。

　　俺的黑驴又上不了楼，总不能让它住村里的敬老院吧。

　　那天过午，古大车牵着黑驴到村外吃草。日头很暖和，他倚着一棵歪脖子柳树不知不觉打起盹，一觉醒来，黑驴不见了。古大车慌忙四处撒脚找着喊，俺的黑驴，谁见过俺的驴啊！

　　起初围观的人还有些幸灾乐祸。可最后瞧见古大车疯了一样，嗓子都扯哑了。

　　有人便不忍心，陪着古大车找驴。天黑也没见黑驴的影。古大车大半天连累带上火，半道就走不动了，被人背回家便人事不省。后半夜，人就不行了。儿女们哭哭啼啼地守在身边。

　　古大车咽气时，只说了一句话，给俺扎一头黑驴做伴。

　　由于村里没了平房，古大车的丧事办得就简单了许多，但是那头扎糊的黑驴格外显眼，不细看还就当成了一头活驴。

　　就在送殡的队伍缓慢地走出村口，耳尖的人们猛然听到前面传来一阵驴叫。

　　随即，就见一个黑乎乎的影子从一片丛密的庄稼地里奔来。

渐渐看清了，是头黑驴，是古大车的那头黑驴。

人们不由地停下来。就见那头变得瘦削无比的黑驴踯躅在路边，对着村庄的那栋栋楼房引颈嘶叫起来，声音是那样凄悲。

白　狐

徐国平

　　小时，我家住村西头，靠河。屋后有一闲园。园里除了杂草野蒿，还有几个柴垛。母亲怕里面藏着蛇或毒虫什么的，从不让我进入。

　　一次黄昏，家人尚未归来，我有些饥饿，便拎筐攀过闲园矮墙，试图取柴烧饭。忽见一只白色的狐狸叼着一只野兔从矮墙上跳入。我自小胆大，扔下筐子就追上去。白狐很快就钻进了一块玉米地。我追进去，它扔下死兔跑了，我紧追不舍，翻过河沟它却不见踪迹了。待我气喘吁吁返回玉米地，野兔不见了，地上空留一摊污血。原来白狐迂回过来又把死兔叼走了。我很懊丧，人竟被狐狸给耍弄了。

　　再返回园里抽柴，发现柴垛一角有个不起眼的洞口，里面有响声，会不会是白狐的窝？向内一张望，果然，是那只白狐，还有三只幼狐。发现这一秘密，我一阵惊喜，但没有惊扰它们。母亲告诫过我，狐狸是仙，万万不可得罪，还讲了许多狐仙的故事，将小小的狐狸弄得神乎其神。

　　后来，出于好奇，我几次偷窥到那只白狐与三只幼狐，它们经常从柴洞里出来嬉耍一番，甚是可爱。

　　一日，忽见那只白狐一动不动地伏在柴垛外。我大惊，翻墙而入，见它抽搐着，眼里流露出一种哀求。我急忙将它抱回家，母亲一见，说可能吃了毒死的老鼠，就端来一盆肥皂水，让我撑开它的嘴灌下。没过多会儿，就见白狐从嘴里吐出一些污物，接下来像是好受了许多，摇晃着立起身，对我叫唤了几声，突然前腿跪地向我作揖。我真没想到它会是这么一种有灵性的动物。

　　那年久旱无雨。生产队收成无几，社员们食不果腹，只有靠野菜充饥。我得了一场大病，上吐下泻，头晕目眩，久医不愈。

一天早上，母亲取柴蒸菜团，突然兴冲冲跑回屋，喊着园子里有只死野兔。父亲大喜，忙捡回剥皮开膛，煮了一锅喷香扑鼻的肉汤。

　　也怪，我喝下一碗后，出了一身大汗，美美睡了一觉，醒来病就好了。母亲说，准是白狐来报恩的。

　　谁想，小舅也偷偷瞄上了那窝白狐。他刚谈了一个对象，非要一块手表，外婆家穷拿不起钱。当时，一张狐狸皮的收购价格很高。

　　小舅下手了，他先在后洞口下了一张网，再在前洞口燃起蒿草，浓烟直钻洞内。片刻，狐狸便一个个自投罗网。正巧，我回家拿镰刀参加学校的课外劳动，见此情景，便苦劝小舅放过它们。小舅死不松手，说他啥也不顾了，急需用钱。争夺中，一只钻出头的幼狐，被小舅用脚活活踩死。我哭着挥起镰刀狠狠划到小舅手上，小舅慌忙撒手，我迅速将网割破，那只白狐叼着那两只幼狐趁机逃脱。小舅气急败坏，狠劲踢了我一脚。

　　白狐再也没回闲园落脚。我仿佛失落了许多，每天都要去闲园探望。

　　小舅也怪，没过多久，因为对象嫁给了村支书的结巴儿子，精神一时失常，变得疯疯癫癫，躲在一些柴垛里，抱头缩身，嘴里胡言乱语着。我就有些纳闷，难道这一切，真是小舅害死那只幼狐造孽所致吗？

　　世事难料，三年后，我竟又见到了那只白狐。

　　那年入夏，暴雨不歇，我跟一家人躲在屋内，望雨兴叹。入夜，正在梦乡中，隐约听到屋门发出"吱吱"的响声，起初还以为是烦人的老鼠作怪，后来，我又清晰地听到一阵骇人的哀嚎。全家人也被惊醒，父亲大着胆子，敞开屋门，就见电闪雷鸣中，一只白狐满嘴流血，焦躁不安地站在门槛下。我惊呆了。白狐扑进屋，没带我反应过来，就一口咬住我的裤脚，用力朝屋外拽我。我晕乎乎地随它走进雨幕中，恍然间，就听到四周轰轰作响。这时，一道电闪划过，我远远瞧见一股洪流正铺天盖地沿着山峰向村庄汹汹扑来。

　　我顿时明了它冒雨登门的意图，急忙转身回屋喊出家人，四散跑向村子，敲响脸盆呼喊着村民逃命。待全村人及时转移后，整个村庄便淹没在洪水中。

　　我十分后怕，若不是那只白狐，后果真是不堪设想啊！

　　自此，白狐再未出现过，我常常徘徊在月下，喃喃自语："白狐啊白狐，不知道你是否逃脱了那次劫难？"

一只羊的爱情生活

沈岳明

　　我是一只羊,女性,按羊的年龄来算,我是一位妙龄少女。原本生活在农村的我,是在集市上与一个女孩相遇的。当女孩扑闪着两只水灵灵的大眼睛,与我的目光对视时,我被她满眼的喜悦感染了,一下子变得高兴起来。女孩说,好漂亮的羊。我说,好漂亮的女孩。可惜她听不懂我的话。女孩递给了我的主人——那位粗犷的农村大汉一沓钞票后,便从他的手里牵过我的缰绳。从此,我开始了一只羊的城市生活。

　　女孩给我取了个好听的名字——小妮子。住在女孩布置得清洁雅致的房间里,我的心情比在田野上奔跑还要惬意,女孩迷人的笑容比山野的阳光还要温暖。女孩给我买来花衣裳,镶着草绿色边儿的红帽子,还有珍珠一样闪光的脚链。每天早晨,女孩除了给我喂一把青菜,还将她喜欢喝的豆奶给我喝,将她喜欢吃的巧克力给我吃,尽管我不喜欢豆奶和巧克力,我只喜欢吃青菜,但因为女孩对我的宠爱,我就像一个骄傲的公主似的,感到自己幸福极了。女孩吃完早餐后,就坐在电脑前忙碌,我不知道她在干什么,只知道她时而对着电脑笑,时而在键盘上敲出一串嗒嗒声。傍晚时分,女孩会带我去公路上散步,女孩和我都穿着花裙子,我们就像姐妹俩一样,高高兴兴地沐浴着夕阳的余晖。尽管所见之处,都是柏油和水泥,但我还是闻到了一股泥土的香味,我喜欢泥土,但我更喜欢女孩给我的城市生活。因为这里没有牧羊犬,也没有主人的鞭子。

　　突然有一天,一个男孩走进了女孩的房间,男孩的手里拿着一朵鲜艳的红玫瑰,女孩用迷人的笑容迎上去,还在男孩的脸上深情地吻了一下。女孩与男孩有说不完的话,女孩手持男孩送的玫瑰,兴奋得满面通红。红红的脸蛋与红红的玫瑰,将女孩装扮得更加迷人,整整一个上午,女孩没有理我。

我不喜欢玫瑰,我只喜欢青菜。

突然,男孩发现了一旁的我。男孩用惊喜的眼神,与我对视的一刹那,我的心几乎跳出了嗓子眼,好漂亮的男孩,好深情的眼睛!我现在才知道,女孩为什么有那么多话要跟男孩说了,也知道女孩为什么整整一个上午不理我,忘了我的存在,原来魔力就出在男孩的眼睛里。就是在那时,我无可救药地爱上了这个男孩。男孩说,好漂亮的羊,哪儿来的?女孩说,我从市场上买的。男孩说,给她取名了吗,她叫什么名字?女孩说,她叫小妮子。男孩说,小妮子,小妮子,好听的名字!男孩一遍遍地叫着小妮子,我一遍遍咩咩地答应着,心里塞满了幸福。

以后,男孩再来时总要先看我,还把玫瑰送到我的面前,我知道这东西没有青菜好吃,但我还是用嘴咬住了玫瑰,只要是男孩送的,不管是什么我都喜欢。可是,女孩还没等我将玫瑰吃进嘴里,就一把抢走了。女孩还用她尖尖的手指头,戳了一下我的额头,说了句讨厌,谁叫你吃我的玫瑰花?我对女孩的举动越来越反感,我不明白男孩送给我的玫瑰花,我为什么不能吃,她有什么理由来我的嘴里抢玫瑰花?

从此,我与女孩的矛盾越来越多,我将女孩的化妆盒咬烂,将她的口红、腮红、睫毛膏以及花裙子,总之一切用来讨好男孩的东西,我都咬烂并弄得满地都是。但是,我没有咬烂她买给我的裙子,我要穿得漂漂亮亮的去见男孩!女孩气得打了我一耳光,我咩咩地叫着表示反抗。我和女孩的关系越来越僵,我们再也回不到过去了,过去像姐妹俩一样的日子,已成为回忆。

我知道女孩很伤心,我也很伤心,因为我们爱上了同一个人。最终,女孩跟男孩走进了结婚的礼堂,望着身穿白色婚纱的女孩,挽着身穿黑色礼服的男孩相亲相爱的样子,我差一点晕倒在地。从此,我不吃不喝。望着日渐消瘦的我,女孩流下了眼泪。女孩说,小妮子,你为什么不吃东西呢,你知道吗,你这样下去迟早会没命的。

我的眼泪一串串地流了下来,我在心里说,如果你将男孩让给我,也许我会好起来,但那是不可能的,因为他只属于你。生命诚可贵,爱情价更高。没有了爱情的我,要生命又有何用?在这座美丽的城市,没有人知道,一只羊曾经如此深刻地爱过。

牛　祭

樊碧贞

　　我小的时候,生产队有两头耕牛。爷爷是看牛匠,他喊牛儿为老伙计。

　　春天来了,满山坡的草长得绿油油的。爷爷总会去向阳坡上放牛。看牛儿悠闲地吃草,爷爷就特别舒坦,便会从腰间抽出上辈传下来的旱烟杆,打开小烟袋,拿出一片烟叶子,眯缝着眼,如打量一件圣物,伸到鼻子底下嗅嗅,放到膝盖上一点点捻抻,慢慢裹成条,装在烟嘴里。摸出火柴,拈出一根划燃点上,吧嗒上一口,又转头看看阳光下吃草的牛儿,露出一种满足感。

　　我看惯了爷爷的这种神态。那时候,我总跟在爷爷身后。爷爷总是说,我的乖孙子哎,你长快点,爷爷老了,以后由你来放这两头牛。

　　我总是憨憨地冲爷爷一笑,就跑去追逐翩翩的蝴蝶或逗地上的蚂蚁了。抽过叶子烟,爷爷特别精神,他总是在我疯跑的时候割回青草,给牛预备好下顿的食粮。

　　夏天热,牛虻多。爷爷把牛拴在屋外的大槐树下,一边吧嗒吧嗒地吸着旱烟,一边摇着蒲扇撵牛虻。身上热起了许多的痱子,奶奶心疼得直掉眼泪。爷爷不把痱子当回事。黄昏时分,带着他的牛伙计去村边的小河里洗澡。夕阳在他们身上镀了一层金色。

　　又是春天,爷爷没去坡上放牛。他病了,脚肿得厉害,无法再照顾那两头牛。队上便将牛交与别人。来牵牛的那天,爷爷强撑起身子,硬是自己抱来了青草。牛儿吃草的时候,爷爷老伙计、老伙计地喊着。牛儿低哞着回应,爷爷的眼泪就关不住了。

　　爷爷的病有了起色,就有了把牛领回来的想法,而且非常坚决。事后才知道,他拄着拐杖悄悄去看过他的老伙计了。由于照料不精心,两头牛瘦得皮包骨头。而最让爷爷看不过意的是犁田人的粗暴。

大枫树枷架在牛伙计后颈上,一根刀把粗的草绳紧紧勒在牛脖颈上。牛呼呼地喘着粗气,牛鼻子勒出了血丝,嘴角上挂着白沫,每前进一步,每昂一下头,血丝和白沫就往下掉。一时走慢了点,犁田人抬手就是一竹梢鞭,还骂着:畜生,竟敢偷懒! 爷爷看不过了,冲犁田人撂过去一句:你再打我的老伙计,我跟你没完。往后的好些天,爷爷就拿着他的旱烟杆,守在了田边。

那个冬天,遭遇了谁也没预料到的寒潮。等看牛人去喂草,牛已经不行了。我飞跑着告诉了奶奶。奶奶吃惊,怎么会这样,怎么会这样? 奶奶的神情瞒不过爷爷。他站起身,走到屋外,抱起一抱干稻草,就朝队上保管室赶去。我拿上爷爷的旱烟杆和拐杖跟在他身后。

晚了! 牛儿瘫倒在地,眼睛上蒙着黑布,脖颈处汩汩地往外冒着血沫……

爷爷手中的草散落了一地。他的身子晃得厉害,众人七手八脚扶他坐下。

爷爷颤抖着手解开蒙在牛眼上的黑布,那灰暗的眼眶里蓄满了冰凉的泪水。爷爷轻轻地为他的老伙计合上了双眼,点燃了我递上去的旱烟,闷头重重地吸了几口,止不住咳嗽起来,两行浊泪从他满是皱纹的脸上淌了下来。

爷爷将脸贴近牛头,低低地唤着老伙计、老伙计。那牛也不回应,只是蓄在眼眶里的泪水却突然滚落了下来。

爷爷说过,牛死之前,嘴里总要含一束青草。可是,爷爷的老伙计连一根干稻草也没含上!

当时生活艰苦,这算是一顿很好的牙祭。杀牛的人分得了牛头,剩下的便是全队的人分享。拖鼻涕的小孩,散着发髻的女人,没有牙齿的老翁老妪,全都上阵了,就连牛骨头也被贪吃的小孩留下了几排深深的牙印。

爷爷没去参加这次盛宴,他用家里分得的那份换回了牛头,葬在了向阳坡上。

爷爷说,这样,春天来时,他的老伙计就会吃到青草了。

医生和蛇

宋炳成

医生出诊,路遇一条母蛇。医生往左走,母蛇也往左走,医生往右走,母蛇也往右走。

医生说,我并没有伤害你,为什么拦着不让我过去呢?

母蛇说,我不是为难你,我的孩子病得厉害,我想让你给它看看。

医生这才注意到,路旁的草丛里躺着一条小蛇,目赤肿胀,几近失明。医生仔细检查了一番后,点点头,又摇了摇头。

母蛇急忙问,能治好吗?

医生说,能,也许不能。

母蛇急了,到底能不能治好?你给个准话啊!

医生说,我不敢说。

母蛇说,有什么话你尽管说,我不会怪罪你,只要能治好孩子的眼睛,无论什么事我都愿意去做。

医生吞吞吐吐地说,小蛇病得不轻,只有,只有蛇胆还能治愈它的眼睛,否则它的眼就要瞎了。

母蛇忧郁地问,没有其他的办法吗?

医生说,目前,还没有更好的办法。

母蛇说,好吧,你要答应我,一定要医好我的孩子。

得到医生肯定地回答后,母蛇突然将头猛地摔到了路边的岩石上,母蛇死了,医生慌乱地取出蛇胆,给小蛇服了下去……

一年后,医生出诊又路过这个地方,一条粗壮的公蛇突然拦住了去路。

医生吓得脸都白了,连连后退。

公蛇说,怎么?不认识我了?我就是一年前你在这儿救的那条小蛇啊。

医生这才舒了一口气，原来是你啊，都长这么壮了，找我有事吗？

公蛇说，也没有什么要紧事，我就是想问问你，蛇胆能医好眼疾的事你对外人讲过吗？

医生想了想说，这件事我从来没有对外人说起过。

公蛇说，你做得很好，不过，今天我要杀了你！

医生颤抖着说，我好心救了你，你为什么还要杀我呢？

公蛇说，是你出了这个药方，逼死了我的母亲，而且这药方一旦传扬出去，我们蛇族将得到灭顶之灾，现在只有你死了，这个药方才能成为永久的秘密。

说完，公蛇向医生扑了过去。医生想说，慢着，这个药方我已经写进书里了，只要你不伤害我，我就把这个药方永久性销毁，可已经太迟了，没等医生开口，公蛇已死死咬住了医生的咽喉。

医生死了，他的儿子整理遗物时，发现了药方，遂贴出告示，大量收购蛇胆。

壮　壮

韦如辉

　　母亲要到妹妹家过一个冬天。临走，母亲跟我商量，带上壮壮吧。

　　我没同意。虽然妹妹居住的城市四季如春，气候宜人，但是对于过惯了北方生活的我们，也许不太适应呢。况且，妹妹那里离我们这儿远隔千山万水。坐了汽车上火车，下了火车上汽车，来来回回需要奔波一天一夜。壮壮能受得了？万一水土不服得了病，岂不让您老人家着急？

　　母亲最终采纳了我的建议。走进熙熙攘攘的车站，母亲眼眶里塞满委曲求全的泪花，一步三回头地望着送她的我和壮壮。在售票员的一再催促下，才恋恋不舍地登上南上的班车。车子启动的那一刻，母亲大惊小怪地从玻璃窗口扔下一团纸。仿佛我没看见，她在玻璃里面反复做着让我向下看的动作，俨然一个笨拙的哑剧演员。

　　打开纸团，上面是母亲给壮壮的食谱：早晨，鸡蛋、油条；中午，骨肉（猪、牛、羊均可）加汤（先咸后淡）；晚上，蛋糕或热馍。后面加一个粗粗大大的注释：不可机械，灵活掌握。

　　按照母亲的叮嘱，我每日一丝不苟地侍候着壮壮，生怕有什么闪失。

　　北方的雪说下就下了，连续阴冷的天气让人无比窒息。母亲打来电话，壮壮冷吗？多加一床毛毯，多加热汤。汤最好咸一点儿，必须保持身体的热量消耗。母亲的吩咐如连珠炮似的从南方袭来，不带丝毫商量的余地。我说，您老就放心吧。壮壮的事情，您就不要瞎操心了，照顾好自己就行了。

　　放下电话，我竟然对壮壮产生无比的嫉妒。思绪如一股强大的电波，让我回到我的少年时代。那时，家家户户过得穷，我家也不例外。不能说吃了上顿没下顿，却是过着吃不饱穿不暖的日子。我十三岁那年的冬天，北风如刀子似的在淮北平原上刮来刮去。由于跟同学们疯玩，身上唯一的一条棉裤被一根树枝扎破一个洞。刀子一样的风从破洞里钻进我的身体,让我颤抖如树上残存的一片枯叶。母亲非但没有怜悯我,反而用一根槐树擀面杖在我裸露的头上种上一个血疱。小时候,挨母亲的打和骂不在少数。而唯有那个血疱如同罪恶的种子一样种到心里,时时发出不满甚至憎恨的芽来。

那几日,我故意没让壮壮吃饱,也没让壮壮睡好。我不断减少食物的供应量,或者颠倒咸淡的顺序。看到壮壮瘦下一圈的脸庞,我心里暗暗高兴。在壮壮昏昏欲睡的时候,我会把过年没放完的鞭炮放一个。等壮壮睁大眼睛,我幸灾乐祸地吐一个圆圆的烟圈。我的目的很明确,就是也让壮壮尝尝我小时候的滋味。甚至可以延伸一点说,要让母亲对我的残忍转嫁给壮壮一些。

母亲隔三差五打来电话,问壮壮这壮壮那。我偶尔故意岔开话题,说您老人家在那儿热吗?母亲不接我的话茬儿,说看天气预报了,家里比这里差二十多度呢,别忘了给壮壮加被加汤。

我心想,我应该是壮壮,如果是壮壮该是多么幸福啊!

星期天,晴了,天空如水洗似的碧蓝。我起个大早去菜场,买了一大袋子鸡鱼肉蛋。我想加加餐,为我自己,也为壮壮。

二叔风风火火地从乡下来。二叔虽然不是我亲叔,但是在乡下老家,没有再比二叔更亲的叔了。前几年,二叔往城里走得勤,这几年不知为什么上门稀了,我还以为二叔不愿意跟我们沾亲带故了呢。所以我十分高兴,拿出陈了十年的老酒,执意要跟二叔喝两盅。

喝酒的时候,我夹了一块排骨给壮壮,并自言自语地说,吃吧,乖壮壮,也有你的份儿。

二叔忽然瞪大了眼睛,脸红脖子粗地冲我吼,你说啥?二叔嘴里喷着酒气,眼睛里冒出两团火。

我急忙赔不是,二叔,我哪里说错了?壮壮似乎也对二叔的表现强烈不满,主动加入我的行列,冲二叔汪汪地叫起来。

二叔的怒气仍然没消,将手里的酒杯摔到桌子上,牛似的勾着头说,你怎么叫小狗是壮壮呢?你知道你父亲的小名叫什么吗?

父亲已去世多年,我一直是母亲一手带大的,父亲的小名我怎么会知道呢?

二叔告诉我,父亲的小名就叫壮壮。

我呆若木鸡。那天,我喝醉了。

第二天，我给母亲打电话，说壮壮想您了。我把传声筒递到壮壮嘴边，壮壮汪汪汪地叫个没完没了。

第三天深夜，我家的门铃火烧火燎地响了起来。

"猪"比"牛"更重要

黄克庭

　　一场大洪水席卷了平原,动物们搭上一艘小船逃生。小船在水上漂了几天,船上的食物快要消耗尽了。于是,动物们决定制定一种公平的规则来减少船上的乘客。通过集思广益,它们找到了一个办法:让每个动物讲一个笑话,如果它把全体乘客逗笑了,那么它就获得继续待在船上的权利;而只要有一个动物没有笑,讲故事的动物就要被大家扔下船去。

　　按照大小次序,牛第一个讲。牛讲了一个非常好笑的笑话,动物们开心地笑了,只有猪不为所动,面无表情。大家只好委屈牛了,虽然牛不断地哀求,但也不能破坏已经立下的规矩,立刻便被大家扔到水中。第二个讲笑话的是羊。羊讲的笑话一点儿也不好笑,讲完以后大家都没有笑。突然,猪哈哈大笑起来。大家觉得很奇怪:刚才牛讲的笑话那么好笑,你没有笑,现在羊讲的笑话一点儿也不好笑,你却笑了,这是什么原因呢?猪笑了好半天才缓过气儿来,回答说:"我终于明白牛讲的那个笑话了,真是太好笑了!"

　　笑话中的"牛",无疑是学富五车、知识渊博、出类拔萃的"知识分子"。然而,这头卓尔不群的"牛"最终却落得个悲惨的下场!造成如此不幸的结果,却并非因为"牛"本身"金玉其外,败絮其中"而咎由自取,而是因为"猪"的愚笨造成的。想来这头睿智的"牛"肯定是死不瞑目!

　　这实在是一个无比伤心的话题——聪明者的价值与尊严,竟然是建立在愚蠢者的"反应灵敏度"上的,聪明者的前途与命运竟然是由愚蠢者来把握的!这不禁让人想起活着时不敢公布"日心说"的哥白尼,以及为捍卫"日心说"而被活活烧死的布鲁诺……

　　能责备"猪"吗?"猪"本身就这么一个素质,要它那"手扶拖拉机式"的"猪脑"跟上"喷气式飞机"的步伐,不是勉为其难吗?"猪",起先没笑,并非它有意要"陷害"别人,那只是它还没"明白"牛讲的那个笑话而已! 不随大流,不装腔作势,不耍阴谋诡计,真诚地维护自己独立的人格——我们能说"猪"不对吗?

"猪"是真诚的,它尽管愚笨,但它没有错!

然而,"牛"的悲剧到底是谁造成的? 好像既是"猪"又不是"猪"。

或许人类社会中的许多悲剧,真的如这个笑话一样——"无可奈何"地发生了。

狗　性

赖全平

　　去年暑假,我南下广州探亲,寄宿在弟弟家。弟弟家所在的小区前,有一座废弃的工棚,一座木头搭的小屋子,孤零零地搁在路边,沧桑得跟周围鳞次栉比的高楼大厦极不相称。因为它并不碍着行人,大家也就熟视无睹懒于理睬它了。

　　不久,人们惊异地发现一只大腹便便的流浪狗在这里安了家,那是一条极高大的老母狗,毛发蓬松而脏乱。母狗很少出来,偶尔也出来游走觅食。但它从不近人,白天也不吠,倘若深夜有人潜入小区,它准会狂吠一阵儿,人们觉得它吵它烦,但想想这样或许能防贼捉贼,也就忍了。

　　有一天,人们诧异地发现工棚内传出呜呜的乳狗声,一靠近工棚,黑母狗就"呼"的一声蹿出,用敌视的目光和你对峙,偶尔也会有圆滚滚的小狗崽从中蹒跚而出,旋即被母狗叼回。因为下了崽,母狗整天守候着幼崽,瘦得皮包骨头,走路很是跟跄。小区内几个慈眉善目的老太太看它可怜,常忍不住拎些残羹剩饭倒在棚边。慢慢地,一听见老太太的脚步声,大母狗准会呜呜地摇尾而出,小黑崽紧接着蹒跚而出,不多,三只,虎头虎脑的惹人怜爱。

　　慢慢地,人们发现夜里狗吠声多了响了,常吵得人睡不着。几个年轻人合议将工棚拆掉,让流浪狗一家自行散去,无奈人根本近不了工棚,因为一有动静,母狗准会"呼"的一声跃出,一脸凶相,令人不寒而栗。

　　一个阳光明媚的中午,来了两个年轻人。其中一个胖乎乎的矮子举根铁棒将大母狗死命地往棚外赶,大母狗似乎预感到什么,嗷嗷嚎着不肯离开。胖子好不容易将母狗赶到了棚后,趁此机会,另一个高高瘦瘦的年轻人赶紧拎起一桶汽油朝棚内乱倾乱泼,泼在狗崽们的身上,狗崽们惊慌失措地嚎着往棚外蹿,高瘦的年轻人旋即用打火机将汽油点燃。

工棚内霎时火光冲天,紧接着便是狗崽们惨烈的叫声,只见棚后的母狗"呼"的一声腾空而起,犹如一道黑色的利箭射向工棚门口。面对冲天大火,大母狗绕着工棚呜呜哀嚎,突然,大母狗像疯了似的冲向火海迅速叼出一团燃烧着的"火球",连同"火球"一起滚入路边的臭水沟,大母狗旋即又腾空跃起。熊熊大火中,狗崽们的惨叫声越来越弱,很快便没有了,有的只是哔哔剥剥的火爆声,呛鼻的肉焦味,老母狗嚎着蹿着……

工棚很快被烧成一片灰烬,老母狗嚎着搔扒着,试图从灼热中找出它的幼崽,尽管皮毛被灼光了不少,但它浑然不顾。路边,那只熄灭的"火球"蜷曲着,黑糊糊的,不时发出一阵阵催人泪下的低嚎。

年轻人的纵火行径惊动了不少小区里的人,包括那几个慈祥的老太太。看到老母狗舍身救崽的壮烈场面,大家全惊呆了。有人试图走过去为老母狗做些什么,但它却叼起地上奄奄一息的狗崽踉跄而去,没人知道它要去哪里。

当晚,人们还隐约听见老母狗在灰烬上不住地长嚎,一声悲过一声。那不过是窝流浪狗,没人要的狗罢了! 第二天,经过这片废墟时,有人禁不住这样说。

奇怪的是,第三天一大早,那只老母狗竟凶巴巴地蹲坐在 A 幢 304 房门口,雕塑一般。老母狗跟前,直僵僵地卧着一团炭黑似的东西,那不正是被灼伤的乳狗? 304 房,不正是纵火犯瘦子的家? 有人开始惊叫。瘦子吓得不敢出门,求别人帮忙赶狗,可谁也不愿,最后,瘦子不得不罩上摩托车头盔持棒而出,说也奇怪,任凭怎么赶,那狗就是不走,只是血红着双眼瞪人。几棒狠狠地砸下,它还是不走,呜呜地嚎着,直至脑浆迸裂血流如注……

也许是心存愧疚,两个纵火的年轻人合议将老母狗和那只幼崽一起葬在工棚附近……

雁不归

许 锋

　　"伊啊，伊啊"，"伊啊，伊啊"——这是豆雁的叫声，很本色。每年八九月间，北方的豆雁就要准备去南方过冬了。自北而南，千山万水，很不容易，诗曰"孟春之月鸿雁北，孟秋之月鸿雁来"，说的就是这件事儿。

　　头雁突然想变一变规矩，今年不去南方了，就待在北方。这个念头一冒出来，它就很激动，激动难耐，在天上飞来飞去，"伊啊，伊啊"，"伊啊，伊啊"。

　　头雁不知规矩是哪位老祖宗定的，自打它记事起，大家都这么干，多远的路啊，不断地飞，飞，渴了饿了才下来休息一会儿，想择木多栖会儿，没门儿，老头雁一瞪眼，大家赶紧再飞，跟逃难似的。

　　今年干部改革，领导换了。头雁刚上任就想点一把大火给大家看看。既大，就要有魄力，前无古人后无来者。但大家一听，都把头摇得像拨浪鼓，不行不行，不行不行，迁徙虽然要历尽千辛万苦，但大冷天待在北方会被冻死，你这是在冒险。

　　发出不同声音，喊得最起劲的是一只老豆雁。头雁喊了一声，来啊，把这只老不死的拉出去拔毛。这一招儿果然奏效，会场立时雁雀无声。头雁说，大家不要激动，这事儿有一定的危险性，但千里迢迢死命地飞来飞去就没有危险吗？事实上，我们每年在迁徙过程中都有伙伴儿累死、饿死、被害死，以及掉队、失踪，损失惨重，而留在北方，可以最大限度地避免无谓的牺牲。不是吗？

　　会后，有个别的豆雁还是想不通，有意见，发牢骚，它们无一不被豆雁降职、降薪、开除，乃至就地拔毛。拔毛是它们刑法里的"极"刑。

　　大家都一致拥护头雁的决策，认为这项决策有远见，属于高瞻远瞩，运筹帷幄。《雁报》为此连续刊发评论员文章，对头雁的举措给予高度肯定。

　　一转眼就进入冬天了。北方的冬天可真冷,大家挤在黄河边组成雁墙取暖,头雁居中,这一招有用,里面真挺暖和,但外"墙"一圈儿豆雁倒了霉,冻伤的,冻晕过去的,冻死的,都有。坚持了一个月,头雁觉得不行,又带领大家去市区,市区尾气足,温度高,大家集中行动,"伊啊,伊啊","伊啊,伊啊",城市广场一下子被豆雁挤得满满当当。人好奇,远远地看,也有胆子大的,一手一只,拎回去宰了熬汤。头雁仍居中,小的们铺了草,搭了窝,好话说着,好吃好喝。不断有雁报告外面的情况,报告损兵折将的,一律以混淆军心处置;报告被人喂食的,或乞到食物的,或与人打成一片的,一律有赏。

　　豆雁占据城市广场的消息随着媒体的报道,全城上下无人不知,无人不晓。刚开始新鲜,大家都挤了去看,但人越来越多,车祸、挤伤等事故和群体意外事件越来越多,市长很生气,让动物园把豆雁收了。

　　相对来说,动物园条件最好,那里的鸟儿都有越冬的体会和经验。头雁一听这个消息,觉得歪打正着,正好,既解决了生存,又确保了温饱,省却了南来北往舟车劳顿之苦,这在豆雁的历史上,是绝无仅有的。

　　但动物园地方有限,一半雁住进了雁笼,一半只能露宿。笼子里有暖气,外面天寒地冻。头雁带头进了笼子。外面的豆雁多数都被冻死,之后进了餐馆,成了一道名菜。

　　一晃儿春暖花开了。憋屈了一冬,该出去透透气了。头雁要飞,它使劲呼扇翅膀,没飞起来,还一头栽到地上,它一摸肚囊,哎哟,厚墩墩的,足有半斤肥肉。

　　都飞不起来了。

　　头雁在开会时说,伊啊,事实证明,"北留"是正确的,一次性解决了大家的归属问题,大家自此衣食无忧。当然,头雁略有些沉重地缓缓说道,伊啊,代价总是难免要付出的,没有牺牲哪有和平,大家更要珍惜目前来之不易的美好生活,好好享受。

　　全场"伊啊"、"伊啊"响声一片。

麻　雀

王雪涛

　　麻雀，这种除了极地几乎遍布全世界的鸟类，人们是不陌生的。在乡村，麻雀是每家的家庭成员。这个有着淡褐色羽毛的小生灵在家乡被叫作"小小雀"，它也确实很小巧，不然怎么会有"麻雀虽小，五脏俱全"的说法呢？在体型比它大得多的鸟类接连灭绝的情况下，这只小小雀仍蹦跳在乡间的田野、路沟、庭院、草垛、房前屋后，嬉戏或觅食，寒来暑往，一晃就是几千年。

　　麻雀不像有心计的喜鹊、斑鸠那样把窝垒在耸入云天的树杈上，让人望尘莫及。它们勤快地衔来线头、羽毛、草根，在房檐、墙洞、烟囱等稍能遮风避雨的地方就能做一个繁衍生息的窝。麻雀也不像喜鹊、燕子那样桀骜不驯。当顽皮的孩童掀翻它们的窝、摔碎它们的蛋、捉走它们的雏鸟时，也只是在一旁悲鸣，弱小的身体决定了它们不会攻击人们。而喜鹊则不一样，它们会"嘎嘎"大叫着迅疾俯冲，用尖利的嘴猛啄掏鸟窝者的头，甚至日后看到他也不放过。燕子的刚烈更是出了名。小时候，我曾捉住一只燕子，每天给它喂食、喝水，但它不为所动，不吃也不喝，很快就奄奄一息了。奶奶说它是"气"死的，燕子的气性可大啦，如果你捣了它的窝，它永远不会再回来。无论是喜鹊还是燕子，都会对人类记恨。而无辜的麻雀在与人类几千年如影随形的相处中，遭到的捕杀不计其数，麻雀的历史也是一部血泪史。但麻雀却不记恨曾给它带来深重灾难的人类，相反，一旦得到过人的救助，它会在很长一段时间内主动亲近曾救助过它的人。只有感恩没有记恨的小精灵！

　　但麻雀也不是一味地软弱、退让，它们"不自由毋宁死"的气节让人肃然起敬。麻雀宁肯寄身房檐墙洞，也绝不愿被人关进鸟笼，住进温室。而一旦被关进笼子，便只有一种结局：绝食撞笼。再加上它从不以鸟鸣媚人而苟且偷生，因此赏鸟人的鸟笼中有画眉、百灵、鹦鹉、黄鹂，却鲜有麻雀。

后来，喜鹊在乡间消失了，斑鸠、布谷、燕子也变得越来越稀少，人们往往只闻其声不见其影。当有一天在省会城市的公园里散步，看到一群喜鹊在高大的树林里翻飞、鸣叫时，才知道喜鹊原来都乔迁到城市里来了。这些城市的贵客，住上了做工精良的鸟巢，吃上了制作精美的鸟食，让高度文明的城市人像呵护眼睛一样保护它们，从此过上了贵族般的生活。而斑鸠、布谷、燕子则像走亲戚一样有规律地来去，只有麻雀与乡间的农人相依相伴，春夏秋冬，不离不弃。试想，当冬季来临，候鸟南飞，如果没有这群叽叽喳喳的麻雀，沉寂的乡间将是多么寂寥！宋人杨万里有一首描述冬日麻雀的诗："百千寒雀下空庭，小集梅梢话晚晴。特地作团喧杀我，忽然惊散寂无声。"

有人把喜鹊等鸟在乡间的消失简单归咎于农药的泛滥，我不大赞同，麻雀就是最好的证据。每年麦播前后，都有一些麻雀因误食拌了毒药的麦子而死亡，但它们从不记恨人类，包括被误当作害鸟而遭举全国之力惨烈围剿，仿佛它们从来就不知道恨一样。它们在人类大规模的杀戮中幸存下来的原因只有一个：极强的繁殖能力。除寒冷的冬季外，麻雀一直都在繁殖期，每窝产卵四至六枚，孵化期十四天左右，雏鸟十五天左右即可独自离巢觅食。再加上亲鸟对雏鸟的保护较成功——俄国作家屠格涅夫曾在他的小说《麻雀》中写过一只亲鸟为保护坠地的雏鸟，以其弱小的身体与一只猎狗对峙而不退缩的场景——因此麻雀在数量上较其他鸟要多出许多。也许正因为此，加上苍天的眷顾，在其他鸟类被当作保护动物仍然灭绝的情况下，麻雀长期以来没有得到刻意保护而仍然生生不息，也难怪，命贱嘛，就如它们衔的草根，到处都是。

多少年后，每当看到在城市路边找工作的民工，我就想起了麻雀和麻雀嘴里的草根，想起了我的父老乡亲、兄弟姐妹。他们在城市最底层讨生活，居无定所，还经常被无端地驱赶、管制，甚至不能像鸟那样自由地迁徙，命运如草根一样毫无定数。而我也只是千千万万草根中的一员，只不过，有的草根做了鸟窝，有的草根做了花环。每当想到这些，我便潸然泪下。

狼狗贝贝

杨轻抒

狼狗贝贝坐在铁皮屋子外的一座土堆上,仰望着星空。

天上有很多星星一闪一闪的,贝贝看不懂,但贝贝喜欢看,几年来贝贝因为不得不看而喜欢上了看天上的星星。

贝贝是恪守职责的,和126号采输站的四个工人一样,是绝对恪守职责的,所以贝贝也喜欢看星星。

贝贝这名字听起来像个小姑娘,其实贝贝是条雄性大狼狗。和周围五平方公里内的老乡们的土狗相比,贝贝太雄伟了,伟岸、彪悍的贝贝吸引了许多老乡家母狗的目光,那些母狗常常从远处跑过来,一脸讨好的神情,以期博得贝贝的欢心。但贝贝不,贝贝根本瞧不起它们,贝贝高高地坐在土堆上,像一头狮子王。当然,这一情景使老乡们的公狗既深感安慰又不无愤怒,偶尔在贝贝看不见的地方,它们以发自鼻孔的哼声表达自己对贝贝复杂的愤怒的感觉。

贝贝的名字是采输站唯一的女工春春取的。春春说,别让这站上太少女人味了,就叫它贝贝吧。于是贝贝就叫贝贝了。

贝贝也很喜欢这个名字。

贝贝在采输站,只做一件事,陪春春值夜班。

采输站总部就是126井的活动铁皮屋,春春值班前就住在夏季气温最高达47度的铁皮屋里,因为其他八口井都在126号为中心方圆五平方公里以内,这样,就得一口井一口井去检查是否出问题。贝贝当然不懂气外出问题的危害:一点星火就能废了一口井,一门井废了能让一城的人吃不上饭,一城人吃不上饭那肯定就使城市的工作陷于停顿,这是个连锁反应。但贝贝不懂这个,贝贝只觉得出去值班挺好玩的,踩着露水走,四条腿湿漉漉的,天上的星星一闪一闪的,蛮好看。身边还有春春低声的呼唤,贝贝、贝贝、乖贝贝——听起来很舒服的呢。

春春的声音好听,而且——贝贝固执地认为——春春也非常非常的漂亮。只可惜126井站其他三个男人都结了婚,贝贝想,不然,他们肯定要疯狂地追求春春的。可是,尽管他们都结婚了,他们仍都很疼春春,每次春春出门值夜班他们都要叮嘱一句:春春,小心点! 还对贝贝说,贝贝,可不许让春春出事! 贝贝用鼻子哼哼,表示知道了。

春春一路走,一路跟贝贝说话。春春说,贝贝,你说就我们俩守这些气井,有什么意思呢? 春春想想,又说,其实呢,肯定非常重要。你想啊,要是没这井,镇上那些居民也就没法生火做饭了——没法生火做饭,你想,他们会怎么样呢? 噢,县城里也没法子做饭了——只好烧煤,烧煤多污染,呛人——算了,贝贝,说这些你也不懂。

贝贝想,咋不懂呢? 你每次都说同一类话。

春春又说,我呢,也没啥要求,嫁个好男人,做个好工人——噢,当然要做个好妈妈、好妻子。贝贝,你说可能吗?

贝贝说当然可能——可贝贝的话春春不懂。

春春说,前天人家给我介绍一个男人,城里人,教中专的,人是不错,又有学问,可人家能看上我吗? 人又不漂亮,又在野外工作——唉!

贝贝想,他看不上咱咱还看不上他呢——想到这儿,贝贝突然打住了——要是人家真看不上春春呢? 这不是很尴尬吗? 贝贝恨不能打自己一个嘴巴。

天上的星星有些斜了,但天空中突然出现了一团很漂亮的星云,像纱巾一样漂亮。春春一脸幸福和神往。说,做新娘的时候,我一定要有一块纱巾,云一样的纱巾。贝贝你说,我做新娘时漂亮吗?

贝贝说,漂亮,你是世界上最漂亮的新娘。

走过了一片林子,又走过一道土坎。春春说,天上的星星多美啊,真想坐下来,好好看看星星。不过呢,看星星是耽搁时间的。看星星看够了,气井就走不完了。

贝贝也觉得春春的话有道理。这出来值夜班,头顶闪闪烁烁的星星像三月山间满坡的野花那样繁盛,那样漂亮。偶尔有流星拖着长尾巴掠过天空,贝贝就特别兴奋。

春春又说,贝贝,你挺聪明的,你猜猜看,那位老师现在正干什么呢?

贝贝扑一声就笑，心想，这会儿能干什么呢？难道像我们，还巡夜？这会儿肯定早睡着了。

春春没听见贝贝的笑，有些害羞地说，贝贝，你猜猜他会梦见我们吗？

贝贝想，春春你也真够大胆的，一个女孩儿，咋能这么想男人？不过，贝贝也不禁想，那城里的老师究竟会不会梦见我们在星空下行走呢？会不会梦见我们见到的美丽的星星，嗅到的青草的芳香呢？

春春见贝贝没了声音，想了想，便说，贝贝，你是累了吧？也是，天快亮了呢。

天快亮了，星星闪进了云里，一缕霞光露出来，贝贝发现自己一身都湿透了。

快到 126 井时，贝贝发现站里多了许多人，站长王汪旺见春春回来了，很高兴，说，春春快来！又对后面的人说，这就是春春，我们的护站英雄。

扛着摄像机的那个男人仿佛被春春吓了一跳，他看见了春春脸上那道让人恐怖的刀疤——那是春春在阻止人锯气管偷气时被人砍伤的——那个男人差点把摄像机掉在地上。

贝贝很不满地看了那个人一眼。贝贝是不想让更多人看见春春的脸的，春春的脸被那么多人看了，谁还愿娶春春呢？不过，它又想，要是那位城里老师知道了春春的英雄事迹，保不定会急着娶春春呢？想到这儿，贝贝又释然了，贝贝便安慰春春说：不怕，不怕的，世上总不都是以貌取人的吧？

当然，贝贝最希望看见人群中那个春春说过的城里的老师，但贝贝不敢肯定那位老师就在人群中，想到这些贝贝又有一些忧伤。

猎　杀

刘万里

　　阳光穿过树林落在了他的脸上，他爬在草丛后面，眯着一只眼，手中的长枪正瞄准一只大白兔。

　　他从二十岁就开始在这片森林里打猎，如今他已是五十出头了，三十年来他已记不清打死了多少只野兔、狼、狐狸……只记得衣食住行都是从这些猎物中换来的。大白兔正一拐一拐地朝他走来，他看清楚了这是一只肥大的兔子，并且还受了伤，他心中暗喜，他从来没见过这么肥大的兔子。兔子突然停下了脚步，它发现了猎人黑洞洞的枪口，逃跑已来不及了，兔子突然跪下来，两行长泪从红红的眼睛中流了出来，它在求猎人饶它一命。

　　他毅然瞄准了兔子的头，果断地扣动了扳机，"砰"的一声，兔子头一偏，睁大着眼睛，一股鲜血汩汩地流了出来，染红了几朵白花。

　　他兴奋地提着兔子，一路高歌回家。

　　他剥开了兔子的皮，当他剥开兔子的肚子时，他的手有点战抖，兔子的肚子里有一只已成形的小兔，原来兔子下跪，是求他饶它肚子里的孩子。他心里暗暗笑了笑，这鬼东西还懂人性。几十年的捕猎生活，他对动物已失去了仁慈、关爱，反而充满了仇恨，他喜欢杀掉那些动物后的快感。

　　他依然每天去山上捕猎。

　　一年又一年过去了，山上的猎物越来越少了，有时十天半月都见不到一只动物，更不用说打了。他的心里就充满了失落。

　　这天，他背着枪，提着一壶酒又上山了。头很痒，他伸手一抓，竟抓下来一绺白发。一阵微风吹来，他感到好像要被吹倒的样子，他知道自己老了，再也不是当年的那个威勇无比的他了。

　　他的视野里突然出现了一只大白兔，他兴奋地端起枪，就在他瞄准时大白兔突然不见了。他端着枪,拨开草丛寻找。他发现了那只兔子,就在他准备开枪时,兔子又不见了。他就不停地追赶,每次当他要扣动扳机时,那只兔子就飞快地闪到一边。他追啊追啊,追到一片阴气森森的神秘的山谷里时,那只兔子终于不见了。山上的雾气弥漫了上来,他迷失了方向,找不到回家的路。

他突然感到身上奇痒无比,就用双手不停地抓痒,奇怪的是他手所抓的地方竟长出了黑绒绒的毛,耳朵也在变形,他身体失去了重心,一下倒在地上,倒在地上后,他想站起来,试了几次都没成功,他就只好趴在地上行走。他爬到了水潭边,他口干舌燥想喝水,他兴奋地看到了水面上的倒影里有一只大兔子,他转身想去拿枪,才想起枪已丢失,他失望地叹了一口气。他又爬在水潭边,他又看到了那只兔子,他四目张望,没发现任何兔子,他突然明白了,不由得大吃一惊,他自己变成了一只兔子。这次他仔细端详了一下自己,确确实实自己变成了一只兔子。

他蹲在地上哭了起来,他突然发现一只黑洞洞的枪口对准了自己,逃跑已来不及了,他跪了下来,双行热泪流了出来。

他听到了那声非常熟悉的枪声,他头一歪,一股鲜血汩汩地流了出来,染红了几朵白花。

小树和牛

于心亮

一棵小树，披层厚霜，静在山坡上。

山坡很荒凉，草都枯了，风脚踩过，簌簌一片。

小树牵了一头牛，老牛。小树很耐心，老牛也很宽容。小树很细小，老牛如果使着性子一扭脖，小树就会疼。不过，老牛没有。

山风凉了，小树有点冷。草枯了，老牛吃不到嫩草，只好把枯草拾进嘴里，闭上眼睛，使死劲品味草梗深处的甜香。居然品出一点儿。老牛从微启的眼缝中，把眼光笑成两串儿牵向坡下的小学校。

小学校里孩子的背书声在飞，犹如一群群欢乐的鸟儿飞翔在湛蓝的天上，然后又跳在小树的枝丫上，栖在老牛的弯角上，挂得一串串，好看极了。

小树和老牛闲着没事也会拉个呱儿，说个家长里短的闲话。小树说的时候，老牛就用半秃的尾巴有一下没一下地赶走迟暮的秋虫。老牛说话的时候，小树也会支棱着细小的枝丫抖擞着精神听。

小树说：记得吗？这以前的坡上有好多树啦，后来被砍了，我太小，啥材料也不成，就侥幸地活下来了。

老牛说：砍树那阵儿，我套着车来拉那些树，不拉，就挨鞭子，叭叭，跟放小炮仗似的。

小树问：疼吗？

老牛说：疼，你呢？

小树说：我也疼，我的亲人都死了，我心疼死了，我就哭，后来哭声响成一片，我一瞧，是鸟儿在哭，鸟儿的家园没有了。我就不哭了，我想赶快长大，让鸟儿在我身上唱歌……

老牛点着头，一下一下点出一脸的沧桑。

老牛说:你跟山娃一样有志气。

山娃此刻一定又躲在教室的窗户外随着同学们读书吧?

夕阳落山的时候,山娃就急喘喘地跑来了,小树和老牛欣喜地看着那奔跑腾跃的小身影,就知道山娃今天又学到新课文了。

山娃把课本藏在小树的脚底下,然后就拉着老牛踩着晚霞下山去。小树在傍晚的风中扬起孱弱的手臂。老牛就把朴实的叫声遗留了一山道。

老牛回牛棚的时候使劲鼓着肚皮,它要告诉山娃爹自己已经吃得很饱了。

只有山娃知道老牛的肚皮是空的。山娃半夜偷偷溜出来抱上一捆清爽的干草喂给老牛。老牛每次都能从干草里吃出一小捧金黄黄的棒粒儿或豆粒儿来。老牛吃着吃着就吃出泪花儿来了。老牛想:山娃这孩子,仁义。

山娃就是在那个不小心的夜晚里挨了爹一个耳光,耳光打得很实在,山娃的口里就有棱有角地淌出血来了。爹不解气,又把鞋底子朝山娃的光屁股抡得浑儿圆:我眼瞅着老牛的肋巴条儿一根一根露出来了,原来你小子跟爹要心眼啊!

老牛很内疚,它觉得自己不争气,连累了山娃。老牛就叹息给小树听。

小树说:你使劲拽吧,把缰绳从我身上拽断了,自己去找草儿吃。

老牛很认真地摇头说:不行,你吃不消的。

这个时候山娃爹摸上山来了,他有板有眼地把坡上的草趿得一片狰狞。山娃爹说:好得呱呱叫啊,原来把牛拴在这儿,去读书,读你娘的腿!

山娃爹就抡起把斧子,抡得很明亮,也很有气势,就像抡山娃屁股一个样,心安理得地抡下去,抡下去……

小树也没含糊,在倒地的刹那,它伸长手臂亦狠狠地抽在山娃爹的丑脸上,山娃爹的丑脸上就暖和和地淌出很好看的血来。

山坡很寂寞,老牛亦很寂寞。老牛有时会看看飞云,或是瞅瞅流日,可是看不见一只飞鸟。老牛整日里还是在小树倒下的地方静静地站着,或是卧着,有时会尖着耳朵静听小树根部的声音,老牛什么也听不到……

山坡下学校孩子的背书声鸟儿一般飞来。可是,再也没有枝丫能够让它们栖落了……

人与鸟

高 军

　　怎么就越来越多呢？他常衔一竹柄的黄铜烟袋锅，在夕阳滑下山去的意境里，吧嗒几口，嘟囔几句。烟末燃尽，在鞋底使劲磕几下，复装上旱烟末，又点上，双眼透过脸前的悠悠青烟朝山下看。

　　山下，干农活儿的人正陆续收工回家，步态悠闲。偶尔有羊群过去，牧羊人来到他身边，见他迷迷瞪瞪的，站定，问，张老三，什么越来越多？

　　过半天，见他似未听见，拔腿走去，也自语道，这人看山看傻了。

　　从年轻时就过上了看山的日子，不知不觉中，40多年过去了，竟因此也未找上个女人过生活。以前，山林茂密，野兽出没，飞鸟不时地掠过蓝蓝的天空。眼下，除了山下的人多了以外，树、兽、鸟越来越少了，稀了。

　　在山下，一遇见人，他就问，人怎么就越来越多了呢？

　　看好你的山就行啦，别瞎操心了。人多了好啊，人气旺啊。人说。

　　好……好？他大睁着眼，呆呆的，愣愣的。

　　不好你别做人啊，不就少一个啦。人话里的刺亮起来，利起来。

　　他问，不做人做什么？

　　做狗做猪，做牛做马。人用手向周围一划拉，爱做啥就做啥呗。

　　他瑟缩着躲向一边。不，不好。

　　人皆大笑起来。

　　是的，人是太多了，是不能再做人了。他紧紧地皱着眉头，然后头一点一点，上半身向前一倾一倾，腚撅得老高，上山去了。

　　沉默了几天，磕出了一大堆烟灰后，他觉得还是做一只鸟好。

　　谁知这么一想，他真的化作了一只鸟，飞上了天空。他很奇怪，怎么说飞就飞起来了。扭头一看，两条胳膊变成了两只翅膀，上面长出了长长的羽毛;两条腿也变成了鸟腿,细多了;且长出了尾羽。

他一边飞翔,一边想,这样太好了,太好了。地上这么多人,如果人像我一样化作鸟,人不就少了?这样,鸟不就多了?

他感到年轻了许多,心里又朦朦胧胧地有了想找老伴儿的欲念。发现鸟类,他就飞去合群。但他一降临,鸟们就"呼"的一声,飞走了。他的高兴化作了苦恼。

这日,微风和煦,艳阳高照,他正在树林上空飞翔,猛听"嘭"的一声枪响,一缕青烟在不远处升起,"呱——"一声凄厉的尖叫,鸟儿重重地落在地上,美丽的鸟儿在地上抽搐,血正往地上渗,一片殷红。

他快速地向下飞去,想赶快帮帮这只受伤的鸟儿。

你……你……受伤的鸟惊恐地张大眼睛。

别怕,我们是同类,我只想救你。他说,我是来救你的啊!

你怎么长了一张人脸?你是人装的。求求你快走开,别再伤害我啦!我不指望你救我。正是你们人类刚刚用枪打伤了我。

他脑子里一片空白,我怎么还是人啊?我不能要这张脸了。

你快走啊!受伤的鸟儿浑身哆嗦着,歇斯底里地吼了一声。

他只好飞了起来。他发现,下面几个扛猎枪的人正在快速地向四处搜寻。

有个人突然发现了他,你们快看,天上飞的是什么?众人一起抬头,啊,鸟,稀奇,人面的,我们发现了一种新玩意儿!

几管猎枪同时举了起来。

他看到,几只黑洞洞的枪口跟着他慢慢移动……

夏之舞

[美]伊丽莎白·詹宁斯 著

闻春国 译

"萤火虫"查尔斯坚持说,"我们一直都这么叫"。

埃玛笑了起来,把头侧向了一边,厚厚的栗色头发拂过她那裸露的白净的肩膀。坐在她旁边的草地上,查尔斯觉得这整个世界似乎都变得柔和起来。天空渐渐暗淡下来了。在他们四周,那些飞舞在树影中的光点变得越来越亮,似乎在珍视它们短暂的时光。

"它叫飞火虫"埃玛朝查尔斯瞥了一眼,"我认识的人都叫它飞火虫。我所教的孩子们也都这么叫。你说,你是哪里的人?"

"田纳西州孟菲斯大都市。内战以前,我们祖祖辈辈就住在那里。我们一直都叫它萤火虫。"

"得了吧,你这是在北卡罗来纳州。你应该跟着叫飞火虫。入乡随俗嘛……"

埃玛从野餐篮子里取出一件毛衣,套在了那件无袖的棉质短衫上。查尔斯似乎已经忘了那件短衫的颜色,但他记得开车接她时她穿在身上显得非常漂亮。这是他们的第七次约会。他记得有几次给她带了小巧精致的礼物,一次约出来吃冰淇淋,两次请她去小镇上最好的帕拉基饭店吃饭。他也曾经想到过请她去跳舞,可每每话到嘴边他又羞于启口了。

这次野餐是她的主意。

这时候,蟋蟀的鸣叫声和蛙声越来越大,萤火虫的光越来越亮。

"我们去走一走吧。"埃玛站了起来,伸出她的手。

查尔斯什么也没说,只是站在那里,轻轻握着她的手。晚风拂来,透过那件薄薄的马德拉斯衬衣和纽孔,让他感到一阵阵凉意。他们沿着小径默默地走着,看着这空中飞舞的微光。查尔斯真希望自己能鼓足勇气邀请她去跳舞。他希望能够紧紧地搂着她的腰肢,在那烟雾缭绕的舞厅里伴随着如泣如诉的萨克斯和鼓声的节奏翩翩起舞。他不知道自己为什么没有邀请她。他喜欢跳舞,也曾跟许多女孩跳过。战争期间,他只要一有机会就去跳舞。他什么舞都会,摇摆舞、华尔兹、慢三步……

他喜欢跳舞。

夜幕几乎已经完全降临了。一会儿,她就要说回家了。再次见面可能要等到下一个礼拜天去教堂——这是他搬到阿什顿纺织厂不久第一次见到她的地方。这是一个小镇,大多数社会活动都离不开教堂。这里除了一个纺织厂和一个规模不大的学院外,还有一家电影院、一家不用下车就能买到汉堡的汉堡店、几家餐馆和大约一百座教堂。查尔斯的上司建议他去卫理公会教堂,所以,他系上那条丝绸领带,迈进了教堂大门。环顾四周,他第一眼便看见了她。她和父母坐在靠近前排的显眼位置,旁边还坐着一个十几岁长得一表人才的弟弟。根据这几个礼拜的观察,他知道她总爱坐在那个位置,表情专注,戴着一顶帽子,穿着女式西服,虽不是那么漂亮,可非常可爱。

做完礼拜后,几个小孩向她跑去,向她展示了他们在教会学校制作的东西。她在阿什顿纺织厂教小学一年级,显然这是她喜欢的职业。查尔斯一想到她,就想到了她被孩子们围着时的情景。他以前还从未这样想象过一个女人,这种吸引力让他感到惊讶,尤其在他还不太了解她的情况下:不知道她喜欢什么歌曲,不知道她的朋友是谁,不知道她是否在那场战争中失去过年轻的恋人。他对她一无所知,只知道自己深深地被她吸引了。

他在想,如果真能和她跳上一曲,那感觉肯定跟以前完全不同。

他们在一个喷泉处停下了脚步。那喷泉形似水百合,由一块牌匾两侧的一组绿灰色灯光映照着。牌匾上写着一句诗:"百合敛起它的全部芳馨,潜入湖泊的中心。"

"我喜欢这里的园林"埃玛说道,"曲径通幽,花木婆娑,还有丘比特雕像和古老雅致的牌匾。像这样可以观赏夜幕降临的地方并不多见。"

查尔斯感到奇怪,他以前怎么就没有注意到这个公园呢。此时此刻,这里显得多么美妙啊!

"瞧"埃玛说,"你可以看到一轮圆月在水中的倒影。这想必是个好兆头,你觉得呢?"

"我想肯定是。"查尔斯答道。两眼凝视着他们俩在银色的月光下婆娑摇曳的影子。

查尔斯伸出胳膊,搂住了她的肩膀,呼吸着这凉爽的空气。

"我得走了。"埃玛说道,把头靠在他的身上。

"别,别着急。"

"我不走不行。我和父母住在一起,还记得吗?我不像你们孟菲斯大城市里的那些女人。"

"这我知道,求你留下来吧。"

埃玛望着他,微微一笑,然后拉起他的手,沿着小径往前走。此时此刻,眼前几乎已经伸手不见了五指,只有偶尔闪现出的点点微光。

"它们几乎都走了。"埃玛说道。

"什么?"

"飞火虫。剩下的已经为数不多了。我猜,它们都找到了伴侣。"

"噢,萤火虫……"查尔斯放眼望去,知道她说得没错。只有少数还在空中飞舞,一闪一闪的,似乎是在传达一种感伤而又失落的信息,仿佛它们在一生唯一重大的事情上错过了天赐良机。

"我一直以为它们整夜都在外面飞舞呢。"查尔斯说道。

他们在一棵巨型梧桐树下停住了脚步,凝神望着西边那最后一抹暮色。

"它们大多在黄昏时开始闪光。我的孩子们在自然课里学过。当雌性飞火虫闪亮时,雄性飞火虫作为回应也跟着闪亮。这是一种求爱方式。"

"像是一种舞蹈,"查尔斯说道,"飞火虫的舞蹈。"眼下,查尔斯几乎看不见她了,可他能感觉到埃玛在向他的全身靠近。

"我想是这样……萤火虫华尔兹。"

查尔斯把她拉到身边,轻轻地和她舞动了起来。夜灵全都醒来了,它们围着查尔斯和埃玛嗡嗡地叫着,唱着,飞舞着。